ジョーカー・ゲーム

柳 広司

目次

ジョーカー・ゲーム

1

「ワタシ、日本文化大好キデス。ゲイシャ、フジヤマ、モウ見マシタ。後はハラキリ・ショーだけ。ショー・タイム、楽シミデス。サア、ドウゾ！」

アメリカ人技師ジョン・ゴードンはにやにやと笑いながら、戸口をふさいでいた体を脇にどけた。

「行け！」

佐久間《さくま》が低く号令を発すると、たちまち背後に控えていた憲兵《けんぺい》の一隊が家の中になだれ込んでいく。

「オー、ワタシノ家、土足厳禁デス。隊長サン、部下ノ人ニ靴ヲ脱グヨウ、言ッテ下サイ！」

抗議の声を無視して、佐久間自身、土足のまま屋内に足を踏み入れた。

戸口の脇に立つ長身のアメリカ人の横を擦り抜ける瞬間、佐久間は深くかぶった憲兵帽の庇《ひさし》の下から横目で相手を窺《うかが》った。金髪。鷲鼻《わしばな》。青灰色の目。典型的な外人顔。そのくせ、着ているのは純日本風の着物だ。

親日家《しんにちか》。

出かける前に確認した報告書を読んだ限り、その点を疑う余地はない。

ゴードンは三年前に日本の大手貿易会社の招きで来日。以来、すっかり〝日本文化の虜《とりこ》〟になり、日本に腰を落ち着けた。貿易会社で日本に輸入される精密機械の点検確認業務を請け負う一方、神田《かんだ》に洋間のない日本家屋を借りて住み、ちゃぶ台を出して、茶碗《ちゃわん》と箸《はし》でメシを食っている。日本酒で晩酌、夜は畳の上に布団を敷いて寝て、三味線を習い、芸者と遊ぶ、という徹底ぶりだ。報告書によれば「朝晩、御真影《ごしんえい》に柏手《かしわで》をうつ姿」まで確認されていて、近所の者たちからもすこぶる評判が良い。興奮すると早口の英語でまくしたてる癖があることを除けば、昨今の西洋かぶれした日本人より、よほど日本人らしい生活を営んでいる。

そのゴードンに、突然スパイ容疑が浮かんだ。別件の容疑で逮捕された男が、厳しい取り調べに耐えかねて、ゴードンの名前を口にしたのだ。よりにもよって、陸軍が使用している暗号表《コードブック》を密《ひそ》かに盗み撮ったという。

容疑としてはそれで充分だった。しかし――。

「証拠を押さえろ」

武藤《むとう》陸軍大佐は、いつもの二日酔いらしい不機嫌な嗄《しゃが》れ声で言った。

「奴がスパイなのは間違いない。だが、あの卑怯《ひきょう》で小汚い連中は証拠を鼻先に突きつけないかぎり、いつまでものらくらと言い逃れをしやがる。連中が言い逃れのできないような、確かな証拠を持ってくるんだ」

先日、参謀本部に出頭した際、鼻先に叩《たた》きつけられるようにそう命じられた。

ゴードンの傍らを通り過ぎ、照明の乏しい日本家屋に足を踏み入れてから、佐久間はふと、奇妙な違和感を覚えて足を止めた。振り返って、もう一度〝標的《マト》〟の顔を確認する。

――間違いなかった。

今や日本人のみならず、日本に居住する外国人たちにさえ恐れられる〝悪名高き〟憲兵隊に踏み込まれたというのに、ゴードンは首を振って困惑したふりをしているが、その青い目に浮かんだ笑みは依然として消えていなかった。

(この自信はなんだ？　どこから来ている……？)

佐久間は答えを求めるように、今回の任務が開始されて以来、影のように彼の背後について回っている三好《みよし》少尉を振り返った。

必要以上に深くかぶった憲兵帽に遮られて三好の目が見えない。かろうじて確認できる顔の下半分は能面のように無表情。何の感情も読み取れなかった――。

(もしかすると俺は今、とんでもないヘマをしているのではないか……)

いささか窮屈すぎる制服の下で、冷たい汗が一筋、背中を流れ落ちるのがはっきりと感じられた。

一瞬、佐久間の脳裏に「魔王」と呼ばれる男の黒い影がちらりと浮かんで、すぐに消えた。

2

佐久間がその男にはじめて会ったのは、昭和十三年四月、かれこれ一年ほど前のことになる。

「馬鹿か、貴様《きさま》」

窓際に立った黒い影は、いきなりそう言った。

部屋の壁を大きく切り取った窓には、ちょうど正面から朝の光が差し込んでいる。

無言のまま逆光に目を細めていると、黒い影がふいと窓から離れた。影はいささかぎこちない動きで二人を隔てる大型のデスクを回り込み、正面に向かって直立している佐久間の傍らに移動した。

「背広《せびろ》姿で敬礼《けいれい》する奴があるか」

耳元で、低く囁《ささや》くように言われた。

佐久間はハッとその意味に気づいて、慌てて敬礼姿勢を解いた。

相手が離れる気配に、佐久間はつめていた息をそっと吐き出した。首を回して、それまで〝黒い影〟としか見えていなかった相手の背中を初めて確認する。

余分な肉など一グラムもない、痩《や》せぎすといって良いほどの細身の体。日本人にしては上背がある方だろう。伸ばした髪を後ろへなでつけ、地味な灰色の背広を着ているが——。

結城《ゆうき》中佐。

れっきとした大日本帝国陸軍の上級将校である。

さっき佐久間が〝ぎこちない動き〟と感じたのは、結城中佐が左足を引きずり、それを補うために杖《つえ》をついているためであった。

結城中佐はもとのようにデスクを回り込むと、背もたれのついた大きめの椅子に腰を下ろした。

「それで、貴様が参謀本部から派遣されてきたスパイというわけか」

切りつけるようにそう言われて、咄嗟《とっさ》に反論した。

「違います。自分は、スパイのような卑劣な行為など……」

言いかけた言葉を、佐久間は途中で呑《の》み込んだ。

「ほう、スパイは卑劣か」

デスクの向こう側、再び黒い影と化した結城中佐がニヤリと笑う。その瞬間、佐久間は参謀本部内で囁かれているある噂を思い出し、背筋にぞっと冷たいものが走った。

——結城中佐自身、かつて優秀なスパイだった。

噂によれば、結城中佐は長年にわたってある敵国に潜伏し、その国の貴重な内部情報を日本陸軍にもたらしていた。が、味方の裏切りによってスパイ行為が発覚、捕らえられた。厳しい取り調べに続き、拷問にもかけられたが、隙《すき》を見て脱走。その際、敵国の諜報《ちょうほう》機関に関する機密情報を密《ひそ》かに持ちだし、これを本国にもたらしたという……。

あくまで噂である。

（子供向けの冒険小説じゃないんだ。そんな奴が現実にいてたまるか）

噂を初めて耳にした時、佐久間は鼻先で笑い飛ばしたものだが——。

デスクの上で軽く組み合わされた結城中佐の手にちらりと視線を走らせる。屋内であるにもかかわらず、結城中佐は白い革の手袋をしたままだ。

噂では、彼の右手の五本の指は敵国諜報機関の拷問によって奇妙な形にねじ曲がり、その傷痕《きずあと》を隠すために、右手の白い革手袋は常に外されることがないのだという。拷問の結果、結城中佐は左足をひきずり、杖なしでは歩くことさえできなくなった。また背広に隠された彼の背中には今もおぞましい傷痕が残っているという話だ。

（馬鹿な。そんな奴が……現実にいるはずが……）

奇妙な非現実感が、佐久間をとらえていた——。


結城中佐の発案で〝情報勤務要員養成所設立準備事務室〟なるものが新たに開設されたのは、昭和十二年秋のことだ。

情報勤務要員養成所。

それが諜報員養成所——即ち〝スパイ養成学校〟であることが判明した途端、陸軍内部から猛烈な反発が起きた。

「わが陸軍では、すでに参謀本部第二部第四班、及び第五課から第七課までの『三課一班』が秘密戦を分担している。これ以上の組織は無用である」

というのが表向きの理由であった。が、その裏には〝諜報活動など卑怯《ひきょう》で卑劣な行為だ〟として見下す、陸軍内の強い風潮がある。

――そもそもスパイなどという姑息《こそく》な手段を用いるのは、日本古来の武士道に反する。軍上層部の中にも、そう公言して憚《はばか》らない者が数多く存在した。

彼らが「秘密戦を分担している」という『三課一班』にしたところで、それぞれ、わずか数名の参謀将校が肩身の狭い思いをしながらようやく活動を続けている、といったところが現実だった。

ちょうどこの時期、外国のスパイによる機密情報漏洩《ろうえい》事件が立て続けに起きた。これに対抗するために陸軍省官制が改正され、その結果「スパイ（及びスパイ養成所）無要論」も一旦《いったん》沈静化したかに見えた。

だが、養成所でスパイとして教育される〝学生〟が、陸軍士官学校や陸軍大学校の卒業者ではなく、一般の大学を出た学生たちの間から選抜されることがわかると、陸軍内部での反発は今度こそ手に負えぬまでに沸騰した。

――軍人でなければ人に非《あら》ず。

それが血肉を持った自明の理としてまかり通る軍人たちの間で、ある意味当然の反応だった。

「半地方人に、軍の大事な機密を任せられるか」

吐き捨てるようにそう言う者もあった。

〝地方人〟とは、陸軍用語で軍人以外の民間人を指す。

在学中に軍人精神を徹底的にたたき込まれる陸軍士官学校卒業者ならまだしも、〝外の大学〟で教育を受けた学生など、信用しろという方が土台無理な話なのだ。

さらにもう一つ。あからさまに口にはされないが、陸軍内部で強い反発を招いた原因がある。

これまでは陸軍士官学校及び陸軍大学校を優秀な成績で卒業した所謂《いわゆる》〝軍刀組《ぐんとうぐみ》〟が、各国の日本大使館付武官《ぶかん》に独占的に任命されてきた。大使館付武官の任期は通常二年。長くてもせいぜい五年の任期を外地で勤めた後は、ほぼ確実に参謀本部に呼び戻される。

いわば、最短の出世コースである。

――諜報員養成所などというものが出来たら、自分たちの武官としての職場が奪われるのではないか？

彼らの胸の内に、その恐れがあったことは否めない。

いくら〝名誉ある大日本帝国陸軍〟と胸を張ったところで、軍隊が一種の官僚組織である以上、彼らが既得権益の確保に懸命になるのは、組織の習性上、必然の成り行きであったのだ。

その後、〝上〟でどんな駆け引きがあったかは、わからない。

一年半前、武藤大佐に呼びつけられた佐久間陸軍中尉は、その場で〝情報勤務要員養成所設立準備事務室〟への出向を命じられた。参謀本部との連絡係が、彼に与えられた任務の内容であった。

どうやら陸軍上層部は、結城中佐に〝スパイ養成学校〟——書類上では〝D機関〟と記されていた——の開設の条件として参謀本部からの出向者の受け入れを認めさせた、ということが裏の事情らしい。

いずれにせよ、軍人にとっては上からの命令に理由など一切不要である。

佐久間は事情も訊《き》かず、辞令を受け取ったその足で新しい任務場所に向かおうとした。ところが、命令を伝えた当の本人である武藤大佐が、苦虫を嚙《か》み潰《つぶ》したような顔で彼を引き留めた。

「貴様、背広を持っているか？」

「背広、でありますか？」佐久間は思わず問い返した。

「持ってなければ調達しろ。それから、向こうへはしばらく行かんでいいぞ。向こうが『髪が伸びるまでは来るな』と言っているんだ」

武藤大佐は机の上の書類から顔を上げ、佐久間の頭をじろりと眺めた。

改めて確認するまでもない。陸軍の職業軍人である以上、髪の毛は地肌が透けるほど短く刈り込んだ〝軍人刈り〟と相場が決まっている。

「向こうの要求だ。『うちは諜報員養成学校なんだ。一見して軍人とわかる者、即ち軍服、軍人刈りの者は何人《なんぴと》といえども絶対に出入りさせるな』だとよ。つまり、貴様の髪が伸びて、背広を着用しない限り、向こうへは顔を出せないという寸法だ。それまでは自宅で待機しているんだな」

そう言うと、武藤大佐は椅子から腰を浮かし、直立不動の佐久間に向かって机越しに身を乗り出した。そして、酒臭い息を正面から吐きかけながら、後の言葉を嚙み殺した低い声で続けた。

「いいか。連中が何かヘマをしたら、すぐに報告するんだ。どんな些細《ささい》なヘマでもいい。何かあれば、それで連中は終わりだ。だが、もし何もなければ……」

――わかっているな、貴様。

声にならぬ恫喝《どうかつ》が、佐久間の耳の中で響き渡った。

3

「佐久間隊長殿！」

目を向けると、憲兵隊の一人が佐久間の右斜め前、三歩の距離を隔てて敬礼していた。

「邸内への隊員の配置、全て完了しました。いつでも捜索を開始できます」

佐久間は「うむ」と小さく唸《うな》った。もう一度、ちらりと背後を振り返る。三好は、相変わらず憲兵帽を深くかぶっていて、表情が少しも読めない。生白い皮膚に、男にしてはいささか赤すぎる薄い唇。その唇の端が、かすかに皮肉な形に歪《ゆが》んでいる……。

佐久間は正面に目を戻した。制服姿で敬礼し、捜索開始の命令を待っている男もまた、やはり憲兵帽を深くかぶり、表情はおろか、個人の識別すらつかない。

——波多野《はたの》……いや、神永《かみなが》か？

誰何《すいか》したい衝動を、佐久間は奥歯で嚙み潰した。

「……始めろ」

佐久間の一言で、配置についていた憲兵たちが一斉に捜索を開始した。

各部屋に散った男たちが、簞笥《たんす》の引き出しを片っ端から引き開けて中身を放り出し、押し入れを開け、天井裏を探り、襖《ふすま》の表を引き裂いていく……。

「オー、貴方タチ！　ココ、ワタシノ家。ソレ、ワタシノ物デス。他人ノ物勝手ニ壊ス、良クアリマセン！」

家の主《あるじ》であるゴードンが、たちまち大仰な抗議の声をあげた。

取り合わないでいると、ゴードンは顔を真っ赤に紅潮させ、今度は早口の英語でまくしたてはじめた。

一瞬遅れて、耳元でぼそぼそとした低い声が続く。

「……私は……断固抗議します……日本の憲兵隊……私の持ち物を無断で破壊しました……責任者が〝ハラを切る〟くらいでは許しません……このことを……大使館に訴えます……必ずや国際問題に発展するでしょう……」

ゴードンが早口にまくし立てる英語を、三好がいちいち通訳しているのだ。

〝標的《マト》〟が興奮すると英語でまくし立てるのは、事前調査で分かっていたことだった。そのために三好という通訳を連れてきたわけだが……。

──うるさい。

佐久間は顔をしかめた。

通訳などなくとも、ゴードンの英語くらいは充分にわかる。

同じ内容の苦情を、英語と日本語で二度繰り返し聞かされるのは苦痛でしかなかった。

だが今は、それを顔に出すわけにはいかないのだ。

佐久間は、内心うんざりしながら周囲に目を走らせた。

憲兵のお仕着せの制服を身にまとい、憲兵帽を目深に引き下げ、手際よく邸内の捜索を続ける十一人の男たち。

佐久間の目にさえ本物に見える。

彼らが偽の憲兵だとは誰も思わないだろう。

(化け物どもめ……)

やっとのことで飲み込んだ舌打ちは、ひどく苦い味がした。

課報員養成学校第一期生──。

即ち〝D機関〟初代の受験者たちが選抜試験を受けるところから、佐久間は立ち会っている。

なんとも奇妙奇天烈《きてれつ》な試験であった。

たとえばある者は、建物に入ってから試験会場までの歩数、及び階段の数を尋ねられた。

世界地図を広げてサイパン島の位置を尋ねられた者もある。その地図からは巧妙にサイパン島が消されていて、受験者がそのことを指摘すると、今度は広げた地図の下、机の上にどんな品物が置いてあったのかを質問された。

まったく意味をもたない文を幾つか読まされ、しばらく時間が経ってからその文を、今度は逆から暗唱させる試験があった。

いずれも、佐久間の目にはおよそ「馬鹿げている」としか映らない試験ばかりだ。第一、こんな問題に耐えられる者がいるとは到底思えなかった。

だが驚いたことに、試験を受けにきた者の中には、そのような途方もない——ある意味馬鹿げた——質問に平然として答える者が少なからず存在したのだ。

建物に入ってから試験会場までの歩数、階段の数を正確に答えた者は、問われもしないのに、途中の廊下の窓の数、開閉状態、さらにはひび割れの有無まで指摘した。

地図の下の机上の品物を訊かれた者は、インク壺《つぼ》、本、湯飲み茶碗、ペン二本、マッチ、灰皿……と十種類ほどの品をすべて正確に答えた上に、背表紙に記されていた本の書名から、吸いかけの煙草の銘柄まで当ててみせた。

意味のない文を逆に暗唱する課題を与えられた者は、ついに一文字も過たずにそれをやってのけた。

佐久間自身、陸軍士官学校を優秀な成績で卒業した、いわば〝エリート〟だ。観察力、記憶力にはそれなりに自信を持っていた。その佐久間をもってしても、彼らの能力は異様としか形容しようのないものであった。

――この連中はいったい何者なんだ？　こいつらは今までどこに隠れていた？

佐久間の疑問は、しかしたちまち堅い壁によって撥《は》ね返された。

受験者の経歴、さらには氏名、年齢までもが、一切〝極秘事項〟として扱われたのだ。

服装や態度から判断する限り、受験者の中にはやはり陸軍士官学校の卒業者は一人も存在せず、東京や京都の帝大、早稲田《わせだ》、慶應《けいおう》、といった一般の大学を出た者たちで占められているようだった。彼らは皆、一様に育ちの良い、苦労知らずの青年ばかりのように見えた。後になって、受験者の中には帝大教授や、大将、大臣クラスの子息で、外国の大学に留学していた者たちが交じっていたという噂も耳にした。

その受験者たちの中から、結城中佐はいかなる基準をもってしたのか、十数名の者を選び出した。

選ばれた者たちは、寝食を共にしながら、スパイになるための訓練を受けることになる。

彼らが集められたのは、しかし、お世辞にも立派な施設とは言い難い場所だった。九段坂下の愛国婦人会本部裏手にひっそりと建つ古い二階屋。あたかも田舎の小学校の分教場を思わせるその建物は、壁のペンキの塗りは半ば剝《は》げかけており、古色蒼然《こしょくそうぜん》とした入り口の柱には〈大東亞文化協會〉という小さな木札がとってつけた様にぶら下がっているだけだった。

〝未来のスパイ〟の養成所にしては、いくら何でもお粗末だ。

佐久間も、最初訪れた時は、

(スパイというくらいだ、この建物自体が偽装なのだろう)

と疑ったくらいである。が、蓋《ふた》を開けてみれば、何のことはない、金がないだけの話であった。

陸軍内では諜報員養成所設立に関して依然として強い反発があり、そのためまともな予算が下りないらしい。建物は、かつて陸軍が使用していた古い鳩舎《きゅうしゃ》を貰《もら》い下げ、急遽《きゅうきょ》改築したものだった。

その後、多少の出入りがあって、最終的に十二人の学生が残った。

――いや、十二人の化け物たちだ。

この一年間、彼らの訓練を間近に見てきた佐久間には、そうとしか考えられなかった。

D機関での訓練は、実に多岐にわたった。

例えば爆薬や無電の扱い方。自動車や飛行機の操縦法。数カ国語に及ぶ外国語の修得。高名な大学教授を講師に招いて、国体論、宗教学、国際政治論から、医学、薬学、心理学、物理学、化学、生物学に至る様々な講義が行われた。また学生たちの間で、孫子やカント、ヘーゲル、クラウゼヴィッツ、ホッブス、その他佐久間が名前も聞いたことがない様な思想家や戦術家についての小難しい議論がたたかわされる一方、刑務所から連れてこられたプロの掏摸《すり》や金庫破りの常習犯による実技の指導が行われた。針金一本で鍵《かぎ》を開ける方法と並行して、手品師によるカードのすり替えや、ダンスや撞球《どうきゆう》の技術が教授され、歌舞伎の女形《おんながた》を招いての変装技術や、変わったところではプロのジゴロによる女性の口説き方の実演が行われたこともある。

学生たちは冷たい水の中を着衣のまま泳ぎ、その後、夜通し仮眠もとらずに移動した後で、前日に丸暗記させられた複雑極まりない暗号を自然な言語のように使いこなすことを要求された。

完全な暗闇の中、指先の感覚だけをたよりに短波ラジオを分解し、再び使用可能な状態に組み立てる訓練が行われた。竹ベラ一本で跡も残さず封書を開封することや、鏡に映した左右反対の文字を一瞬で読み取り、暗記することが求められた。

命令書は、どんな複雑なものでも読んだその場で必ず破棄されなければならなかった。逆に破棄した命令書をどうやったら復元できるかをたたき込まれた。

およそ精神と肉体の能力の極限を要求されるそれらの訓練を、彼らは易々《やすやす》とこなしてみせた。

それだけではない。

難しい講義や想像を絶する激しい訓練が終わった後、学生たちはしばしば夜の街に繰り出した。

D機関が学生たちに用意した寮には門限がなく、夜遊びは各人の自由であったのだ。

佐久間はいつも苦々しい思いで、三々五々、夜の街に繰り出してゆく学生たちの背中を見送った。

——自分が卒業した陸軍士官学校とは何もかもが違いすぎている。

といって、ここの学生たちを羨《うらや》む気持ちは毛ほども起きなかった。

佐久間にとって、陸軍士官学校時代の同期は兄弟も同じだ。教官や上級生からのしごきに共に歯を食いしばり、一人の失敗は同期全員の連帯責任として引き受ける。厳しい訓練に耐えて寮に帰った後は、腹を割って何でも話し合った。泣き言を言う奴を皆で励まし、互いに涙し、最後は決まってお国のためにこの身を捧げようと誓い合う。

佐久間はいまでも直ちに何人かの同期の顔を思い浮かべることができる。そいつらのためには命を投げ出しても良いと、本気で思っている。彼らはある意味、血を分けた本物の兄弟以上の存在である。それが同じ釜《かま》の飯を食った同期というものだ。

一方で、ここの学生たちは——。

三好《みよし》、神永《かみなが》、小田切《おだぎり》、甘利《あまり》、波多野《はたの》、実井《じつい》、などといった、佐久間が知っている彼らの名前はすべて偽名だった。学生たちは同じ釜の飯を食いながら、互いに偽名で呼び合い、もし問われればD機関が用意した偽の経歴を答えることになっている。ともに厳しい訓練を受けながら、同期の仲間の本当の名前さえ知らないのだ。

——そんな生活に、なぜ耐えられる？

佐久間には彼らが哀れに思えても、羨む気持ちには、とてもなれなかった。

ある夜、食堂の前を通りかかった佐久間はふと足を止めた。

珍しく寮の食堂に学生たちが集まって何事か議論をしていた。議論の内容を理解した瞬間、佐久間は顔色を変えた。

――日本に天皇制は本当に必要か？

何者かが発した質問を封じるように、佐久間は勢いよく食堂の扉を引き開けた。

「貴様ら！」

いくつかの顔が、ゆっくりと佐久間を振り返った。どの顔も平然としたものだ。驚いたことに、酒を飲んでいる様子さえない。

「貴様ら、一体何を……何という不敬なことを……」

怒りのあまり言葉にならなかった。

佐久間を見る顔に、たちまち白けた表情が浮かんだ。

「可能性を議論しているだけですよ」

その場に居合わせた三好が口を開いた。

「天皇制における正統性《オーソドキシー》と合法性《レジティマシー》の問題を我々で確認していたのです」

――正統性だと？

佐久間は啞然《あぜん》とした。

反射的に直立不動の姿勢をとりかけたのは、何とかこらえた。

本来、軍隊内では「天皇」の言葉を口にし、また耳にする時は〝気をつけ〟の姿勢をとるのが常識なのだ。うっかり〝休め〟の姿勢でいようものなら、ビンタは必定、場合によっては営倉入りになっても文句は言えない。だが、ここでは逆に「天皇」の言葉に反応して〝気をつけ〟の姿勢をとった瞬間に罰金を取られることになる。

「天皇の名を聞いて、直立不動の姿勢をとるのは軍人だけだ」

赴任当日、結城中佐はひどく冷めた口調でここでの規則を佐久間に説明した。

「いくら背広を着て髪を伸ばしていようが、〝天皇〟と聞こえてくるたびに『自分は軍人でございます』と周囲に知られるような奴を出入りさせるつもりはない。罰金規則は、そのためのものだ」

そう言った後で、結城中佐はニヤリと笑って付け加えた。

「もっとも、実を言えば、うちは軍のお偉方《えらがた》に嫌われているせいで、ろくな予算もつかない、このとおりの貧乏所帯だ。貴様が払う罰金も、せいぜい有効に利用させてもらうつもりだがな」

何度か、安くはないその罰金を実際に支払わされた。

いや、罰金そのものよりも、そのたびに学生たちから嘲《あざけ》るような眼差《まなざ》しで見られることの方が、佐久間にはこたえた。

——単なる条件反射でしょう？　自分の反応を自分でコントロールできないでどうする

んです？

呆《あき》れたように面と向かって言われたことさえある。

最近では、何とか天皇と聞いても直立不動の姿勢をとらずに済ませられるようになった。だが――。

それとこれとでは話が違う。

佐久間は一呼吸置いて、尋ねた。

「すると貴様らは、畏《おそ》れ多くも現人神《あらひとがみ》であらせられる天皇陛下の正統性を議論しているというのだな？」

「及び、合法性の問題ですね」

視界の端で、生白い顔をした学生の一人が平然と頷《うなず》いた。

「そもそも今日《こんにち》の天皇制に見られる特殊性は、他のアジア諸国においてはとうてい受け入れられるものではないですからね。美濃部《みのべ》教授の天皇機関説に立ち返って、もう一度根本原理から組み立て直した方がいい、というのが僕の主張です。佐久間さんのご意見は……」

「貴様、そこに直れ！」

気づいた時には、既に怒鳴っていた。抜刀すべくとっさに腰に手をやり、背広姿であることに気づいて歯軋《はぎし》りをした。

「まあ、そう興奮なさらず。一緒に話しあいましょうよ」

「馬鹿め、これ以上貴様らと話しあうことなど何もない！　このことは明日、参謀本部に報告する。貴様らの処分は追って通達するから、それまで首を洗って待っていろ！」

喚《わめ》き立てる佐久間の背後から、その時、音も無く、黒い影がぬっと姿を現した。

白手袋。傾いだ体を杖で支えている。

「どうした？」

結城中佐は一座を見回して尋ねた。

三好が白けた顔で事情を説明すると、中佐は顔の前で軽く手を振って言った。

「続けろ」

「馬鹿な……」

絶句する佐久間に、結城中佐は体を振り向けて言った。

「天皇が生きた神だと？　そんなことを日本人が本気で口にするようになったのは、たかだかこの十年くらいなものだ。明治になるまでは、天皇の存在自体、京都の人間以外は、そんなものがあることさえ忘れていたんだ。それを、急に〝生き神様〟などと祀《まつ》り上げられたんじゃ、向こうだって困るだろうよ」

「な……」

「貴様が何を信じていようがかまわん。キリストだろうがマホメットだろうがイワシの頭だろうが、勝手に信じるがいい。もし本当に自分の頭で考え抜いたすえに、それを信じているのならな」

あまりのことに、佐久間はもはや息をすることさえかなわなかった。

同じ言葉が〝外〟で発せられたなら、間違いなく、ただちに不敬罪で引っ張られることになる。

結城中佐は、目を糸のように細く引き絞って言葉を続けた。

「忘れるな。ここはスパイ養成学校だ。この連中はここを出た後、世界各地に散らばって、自らを〝見えない存在〟としなければならない。外交官にくっついて行って、二、三年で帰国するお気楽な武官などとは訳が違うんだ。十年、二十年……あるいはもっと長く、見知らぬ土地にたった一人で留《とど》まり、その地に溶け込み、〝見えない存在〟となって、その国の情報を集め、本国に送る仕事に従事することになる。誰にも自分が何者なのかを知られず、状況が変化しても誰とも相談することができない。スパイがその存在を知られるのは、任務に失敗した時——即ち敵に発見された時だけだ。失敗しないためには一瞬の気の緩みも許されない。それがどんな生活なのか、貴様に想像できるか？」

佐久間が答えられずにいると、結城中佐はゆっくりと食堂の学生たちに目を移して言った。

「諸君の未来に待っているものは、真っ黒な孤独だ。孤独と不安。やがて自分自身の存在すら疑わしく思えてくる。そこでは、外部に支えられた虚構《フイクシヨン》など、砂でできた城のように時間とともに崩れてゆく。その時点で、たいていの者は任務を放棄し、敵に発見され、あるいは寝返り、さもなければ気が狂うだろう」

結城中佐はそこで言葉を切ると、再び佐久間に向かって尋ねた。

「もし貴様がスパイだったら、敵に正体を暴かれた時はどうする？」

「その時は、敵を殺すか、さもなければその場で自決します」

佐久間は即座に胸を張って答えた。

武士道とは死ぬことと見つけたり。

名を惜しめ。

見事に花と散ることこそ、武人の誉れ。

軍隊ではまず最初にその精神を徹底的にたたき込まれる。殺すか、死ぬか。それ以外の選択肢などありえない。そのはずだ——。

だが、答えを聞いた途端、食堂の学生たちがくすくすと笑い出したのは何としても理解できなかった。

「殺人、及び自決は、スパイにとっては最悪の選択肢だ」

結城中佐が首を振った。

——殺人や、自決が……最悪の選択肢？

軍人とは、畢竟《ひっきょう》敵を殺すこと、何より自ら死ぬことを受け入れた者たちの集団のはずではないか。

「おっしゃっている意味が……わかりません」

「スパイの目的は、敵国の秘密情報を本国にもたらし、国際政治を有利に進めることだ」

結城中佐は表情一つ変えずに言った。

「一方で死というやつは、個人にとっても、また社会にとっても、最大の不可逆的な変化だ。平時に人が死ねば、必ずその国の警察が動き出す。警察は、その組織の性格上、秘密をとことん暴かなければ気が済まない。場合によっては、それまでのスパイ活動の成果がすべて無駄になってしまうだろう……。考えるまでもなく、スパイが敵を殺し、あるいは自決するなどは、およそ周囲の詮索《せんさく》を招くだけの、無意味で、馬鹿げた行為でしかあるまい」

——自決が……無意味な、馬鹿げた行為だと？

頭にかっと血がのぼった。

「それは、死を恐れる卑怯な考えです！」

気づいた時には口に出ていた。

「自分には、やはりスパイは卑劣な存在だとしか思えません」

結城の目に、ちらりと笑みのようなものが浮かんだ。

「それなら訊くが、貴様が自決して、それでどうなる？」

「死ねば……」

佐久間は一瞬考えて答えた。

「靖国《やすくに》で、胸を張って同期に会えます」

「ほう。すると貴様は、靖国で同期に会って自慢するために死ぬわけか。だが、もし会えなかったらどうする？」

「会えないはずはありません」

「なぜだ？」

「国のために死んだ者は、靖国に祀《まつ》られるからです」

「なるほど」

結城中佐は軽く頷いて、学生たちに向き直った。

「三好、どう思う？」

「同語反復《トートロジー》。見事なイワシの頭です。よく仕込んだものですが……」

三好はちらりと佐久間を見て、肩をすくめた。

「新興宗教と同じですよ。閉鎖集団を離れては、とても長く持たない観念ですね」

そう言いながらも三好の目は、佐久間の反応を冷静に観察している。まるで鼠《ねずみ》に新しい餌を与えた時のように。

「神永は？」

結城中佐が尋ねた。

「三好と同意見です。例えば日本が戦争に負けた場合、たちまちまったく反対のことを、容易かつ同程度に、信じるようになるでしょう」

（日本が戦争に負けた場合、だと……）

今度こそ、佐久間は完全に言葉を失った。

この連中は一体何を考えている？　頭の中はどうなっているんだ……？

「金、名誉、国家への忠誠心、あるいは人の死さえも、すべては虚構だ」

結城中佐は、茫然《ぼうぜん》自失の佐久間のことなどもはや目に入らぬ様子で、学生たちに向かって言葉を続けた。

「諸君の未来に待ち受けている真っ黒な孤独。その中で諸君を支えてくれるのは、外から与えられた虚構などではありえない。諸君が任務を遂行するために唯一必要なものは、常に変化し続ける多様な状況の中でとっさに判断を下す能力――即ち、その場その場で自分の頭で考えることだけだ。……天皇制の是非、大いに結構。徹底的に議論してくれたまえ」

結城中佐はそう言うと、傾いだ体を杖で支えながら、影のように食堂を出ていった。


佐久間は、証拠を捜して家の中を動き回る偽の憲兵たちを目で追いながら、苦い思いでその時の会話を思い出していた。

（こいつらがスパイとして働くのは、名誉や、愛国心のためですらないのだ）

そう考えると、心の底から嫌悪感が湧き上がってくる。

だが、そんなことが本当に可能なのだろうか？　一生誰も愛さず、何ものも信じないで生きてゆくなどということが。

この連中を動かしているものは、結局のところ、

――自分ならこの程度のことは出来なければならない。

という恐ろしいほどの自負心だけなのだ。

佐久間が知る限り、そんな風に生きていけるのは人でなしだけだった。

4

二日前、佐久間が参謀本部から持ち帰った命令を伝えると、結城中佐は訝《いぶか》しげに目を細めた。

「うちでこの人物を調べろだと?」

結城中佐は、佐久間が差し出したジョン・ゴードンの資料にはろくに目も通さず、デスクの上に投げ出して言った。

「理由《わけ》を言え」

「ですから、先程も申しました通り、その標的《マト》には現在、スパイの容疑がかかっています」

佐久間は仕方なく、もう一度説明を繰り返した。

「武藤大佐は、本校が標的《マト》の容疑を確定するはっきりとした証拠を捜し出すことを期待しておられます」

「証拠だと? 馬鹿め、そんなものを捜してどうする」

結城中佐が口の中で呟《つぶや》くように言った。

「はっ? 今なんと……」

「証拠など捜さなくとも、放っておけば、そのうちに自分で姿を消す」

——自分で姿を消す？

佐久間は耳を疑った。

「ゴードンには、わが大日本帝国陸軍の暗号表《コードブック》を密かに盗み撮ったという重大な容疑がかかっているのです。自分で姿を消す？　その相手を〝逃げるに任せろ〟とおっしゃるのですか？」

「スパイは疑われた時点で終わりだ。疑われているスパイに一体何の意味がある。廃兵同然の相手を、今さら捕まえても仕方あるまい」

「それはそうかもしれませんが……」

佐久間は一瞬言葉につまり、しかしすぐに反論した。

「捕まえて尋問すれば、今回の機密漏洩に誰が関わったのか、まだ知られていない関係者を吐かせることができるかもしれません」

「手口を見るかぎり、単独の犯行だ。逮捕しても何も出てこんさ」

「現在参謀本部では、本校に対して訓練だけでなく実績を求める声が強くなっています」

佐久間は仕方なく、一歩踏み込んだ事情を口にした。

「武藤大佐は『良い機会だから、何としても証拠を持ってこい』とおっしゃっています。つまりこれは、D機関に対する正式な任務命令なのです」

「無意味な任務だ」

「それでも、命令は命令です」

食い下がる佐久間を、光のない暗い目が正面からとらえた。

「……わかった。証拠を押さえさえすればいいんだな」

結城中佐は、表情一つ変えることなく言った。

その場に〝D機関〟第一期生の一人である三好少尉が呼ばれた。

三好は佐久間の目の前で、ゴードンに関する調査書を驚くべき速度で一読すると、すぐに返して言った。

「それで、どうやります？」

「憲兵隊を偽装して踏み込め」

結城中佐は無造作に言ってのけた。

「三好。お前が現場の指揮を執るんだ。証拠を回収後、すぐに現場を撤収しろ。本物の憲兵が来て騒ぎ出すまで、四十分といったところだろう。できるか？」

「三十分あれば充分ですよ」

軽く肩をすくめた三好は、ひょいと佐久間を振り返って言った。

「それじゃ、佐久間さんには憲兵隊長役をお願いしましょうか」

「私が？　憲兵隊長役？」

佐久間は虚《きょ》を衝《つ》かれて、目を瞬かせた。

「貴様が現場の指揮を執るんじゃないのか？」

「僕は通訳として同行します。資料を読むかぎり、標的《マト》と直接話をするにはその方が良さそうですからね」

「しかし……」

「本物の憲兵隊なら、外人の家に踏み込むのに通訳を連れていないと不自然でしょう。あの連中が、外国語を理解できるとは思えませんからね」

そう言われれば、それ以上の反論は不可能だった。

「それじゃ、決行は二日後、〇八〇〇《マルハチマルマル》ということで。みんなには僕から伝えておきます」

気楽にそう言い残し、ドアを開けて退出する三好の背中に佐久間は慌てて声をかけた。

「踏み込んで、もし証拠が無かったらどうする気だ？」

三好はきょとんとした顔で佐久間を眺めた。

「……あるんでしょう？」

御伽噺《おとぎばなし》に出てくる猫のようなにやにや笑いを残して、三好の姿はドアの背後に消えた。


任務当日。

予定通り、憲兵隊を偽装したD機関の学生たちが標的《マト》の住居を急襲した。

ジョン・ゴードンは最初、憲兵隊による家宅捜索を頑《かたく》なに拒んだ。

「ワタシ、何モ悪イコトシテイマセン。ナゼ悪イコトシテイナイノニ、家調ベラレマスカ？　ワタシ、ワタシ、納得デキマセン！」

大柄なアメリカ人は、戸口に立ちふさがり、大声で喚《わめ》き立てた。

無理に中に入ろうとすると、ゴードンは両腕を広げて戸口に仁王立ちになり、佐久間たちを家の中に入れまいと立ちはだかった。

周りを取り囲む者たちより、確実に頭一つ大きい。興奮して紅潮したその顔は赤鬼さながらだ。強引に突入ということになれば、大騒ぎは避けられそうにない。現に、時ならぬ騒ぎに、近隣の家の戸口からは早くも、覗《のぞ》き見るような顔がちらほら現れはじめている。

——これ以上押し問答を続ける時間はない。

佐久間が内心焦りはじめたその時、ゴードンが早口に妙なことを口走った。

「貴方タチ、イイ加減ニスル……一度ハトモカク……二度目ハ許シマセン！」

——何だと？　こいつは今、何と言った？

佐久間は思わず、三好を振り返って尋ねた。

その問いを通訳するように、三好が標的《マト》に向かって何ごとか低く囁いた。

突然、それまで怖い顔で強硬に家宅捜索を拒んでいた相手が、きょとんとした顔になり、たちまち手を打って笑い出した。

「オー、分ッカリマシタ。貴方、ソコマデ言ウ。イイ覚悟デス。日本ノ武士ニ、二言《にごん》ハ無イデスネ」

急変ぶりに、佐久間の方が驚いた。

「何だ？　今、こいつに何と言った？」

三好は平然とした顔で答えた。

『家宅捜索をして何も出なかった場合は、隊長がこの場で腹を切ってみせる』と」

「何だと……」

絶句した。そんなことは、事前に一言も聞いていない。

アメリカ人技師ジョン・ゴードンはニヤニヤと笑いながら、戸口をふさいでいた体を脇にどけた。

「ワタシ、日本文化大好キデス。ゲイシャ、フジヤマ、モウ見マシタ。後はハラキリ・ショーだけ。ショー・タイム、楽シミデス。サア、ドウゾ！」

覚悟を決めるしかなかった。

「行け！」

佐久間が低く発した号令とともに、偽の憲兵隊が家の中になだれ込んでいった……。


「ドウシマシタ、隊長サン？　顔色ガ悪イデス」

ゴードンが、佐久間に声をかけた。

「部下ノ人タチ、マダワタシノ家、捜シマスカ？　イクラ捜シテモ、何モ出マセンヨ」

相変わらず自信たっぷりの様子だ。

――この始末を、どうつけるつもりだ？

この場の指揮を任されているはずの三好は、しかし、こちらも相変わらず無表情のまま、何の反応も示さない。まさか――。

佐久間は不意にある可能性に思い当たり、奥歯をきつく噛みしめた。

(またジョーカーを引かされたのか……)

あの時と同じだった——。

半年ほど前。

佐久間は学生たちが食堂でポーカーをやっているところを見かけて、飛び入りで参加した。実を言えば、ほかに娯楽を持たない佐久間にとって、ポーカー勝負は唯一の楽しみだったのだ。

腕には、いくらか自信があった。

だが、どれだけやっても佐久間は勝てなかった。

手が悪かったわけではない。

佐久間に良い手ができた場合は低い賭け金での勝負となり、逆に悪い手の場合には決まって高い賭け金で勝負させられた。たまに良い手で賭け金を吊《つ》り上げると、相手は必ずそれより少しだけ良い手をつくっていた。

テーブルにつく相手が次々に代わっても、佐久間は負け続けた。

——仕方ない。たまにはこんなこともあるさ。

佐久間が肩をすくめ、ポケットの中の有り金をすべてテーブルの上に投げ出した時点で、学生たちが気の毒そうにタネ明かしをした。

全員がグルだった。

後ろにいる奴が佐久間のカードを覗いて、テーブルについた者にサインを出していたのだという。

佐久間は呆然とした。

あまりのことに、卑怯、とさえ思わなかった。

「ズルをしてポーカーの勝負に勝って、いったい何が楽しい？」

低く尋ねた佐久間に対して、学生たちは顔を見合わせた。

「僕たちは、何もポーカーをしていたわけではないのです」

「何？　だったら何をしていた？」

「さあ。僕たちは一応〈ジョーカー・ゲーム〉と呼んでいますが……」

「ジョーカー・ゲーム、だと？」

「つまりですね……」

彼らが説明してくれたのは、奇妙極まりないゲームであった。

テーブルでカード・ゲームが行われるが、それは見せかけにすぎない。プレイヤーは、食堂に出入りする者を味方につけ、味方が密かに盗み見た相手のカードをサインで知らせてもらう。だが、誰がどちらの側についているのかは分からない。サインは偽物かもしれないし、敵方のサインを読んで手を変えたり、場合によっては敵のスパイを裏切らせて味方につけることもできる。その他にも色々と複雑なルールがあるらしいが、佐久間にはとてもついていけそうにはなかった。

「何だってルールをそんなに複雑にしなければならない？」

「複雑、というほどではないんですがね」

学生の一人が肩をすくめて答えた。

「せいぜい国際政治くらいなものですよ」

「国際政治、だと？」

「テーブルの上が国際政治の舞台だと思って下さい」

別の一人が横から口を挟んだ。

「情報が筒抜けなら、ゲームに勝てるわけがない。ちょうど、先年、ロンドンで行われた軍縮会議の時の日本がそうだったようにです。あの時は、テーブルについた他の国のプレイヤーたちには、日本が最大限どこまで譲歩するつもりがあるのか、予《あらかじ》めすべての情報を知られていたんです。そんなゲームに、勝てるはずがないでしょう？　そう、たとえて言うなら、あの時の日本の外交団は、僕たちのゲームのルールを知らずに飛び入りで参加した貴方のようなものだったのですよ」

そう言うと、学生たちは顔を見合わせ、声をあげて笑ったのだ。

その後佐久間は、学生たちがカードを手にしているのを見かけても絶対に近寄らなかった。

彼らが、今度はどんなルールで、どんなゲームをしているのか？

外から見ただけでは、見当もつかないのだ。

だが、少なくとも一つのことだけは、佐久間にもはっきりと分かった。

——ここの連中にとっては、すべてはゲームにすぎない。

おそらく、命懸けのスパイ任務にしたところで、彼らにとってはようやく見つけた〝ちょっと面白いゲーム〟にすぎないのだ。

自分以外の何ものも信じていないニヒリスト。

人でなし。

化け物。

そんな得体の知れぬ不気味な連中に、この国の未来を任せるわけにはいかなかった。

今回参謀本部から命じられたこの一件は、ここの連中を潰すための恰好《かっこう》の口実となるはずだった。

ジョン・ゴードンが、アメリカのスパイだという確たる証拠が見つかれば良し。その場合は、D機関の学生たちに「自分たちもやがてこうして捕まるのだ」という恐れや不安が、はじめて、ゲームではない現実のものとして実感されるだろう。

一方で、もし彼らが証拠を発見できなかった場合は、参謀本部はD機関の無能ぶりをあげつらい、機関そのものを潰しにかかるはずであった。だが——。

偽の憲兵服に身を包んだ学生たちが、屋内の捜索を終え、佐久間のもとに次々に結果を報告に来た。

ない。

報告を聞き終えると、佐久間は無言で歩を進め、すっかりきれいに片付いた屋内を見回した。学生たちの捜索が、じつに手際よく、しかも徹底的に行われたことは認めざるを得ない。

「天井裏、ありません！」

「押し入れ、ありません！」

「庭、ありません！」

「台所、ありません！」

——捜すべき証拠など、ここにはもともとなかったのだ。

佐久間の後をついて回っていたゴードンが、舌なめずりをするような顔で口を開いた。

「ドウシマシタ、隊長さん。そろそろ、ショー・タイムデスカ？」

佐久間は足を止めた。

結局、ジョーカーをひかされたのは、この俺だったというわけか……。

佐久間は目を閉じ、覚悟を決めた。

——こうなったら仕方がない。見事にやってやる。

目を開け、最後にもう一度、背後を振り返った。

深くかぶった憲兵帽の下で、三好が微《かす》かに笑っていた。

5

「証拠を見つけた、だと！」

佐久間の報告を聞いた瞬間、机の向こう側、椅子に座った武藤大佐の浮腫《むく》んだ顔に驚愕《きようがく》の色が浮かんだ。

「馬鹿な、そんなはずは……」

「二度目とは聞いていませんでした」

佐久間は直立不動の姿勢で言った。視線は、報告の間じゅう、武藤大佐の頭の上の壁の一点に据えられたままだ。

「何だと？」

武藤大佐は、相手が自分から口をきいたことに驚いた様子で、じろりと目を向けた。

「貴様、今何と言った？」

「はっ。先日、自分は、武藤大佐殿から〝D機関を使ってジョン・ゴードンなるアメリカ人スパイの調査をするよう〟命じられました。しかしその際、憲兵隊がすでに一度、ゴードンの家を捜索した件は聞いておりませんでした」

「当たり前だ！」

武藤大佐はブルドッグを思わせる、垂れた頬を震わせて怒鳴った。

「いいか。貴様はうちとあの連中との間の一連絡係に過ぎないんだ。その貴様に、事情を全部説明しろというのか！　思い上がるのもいい加減にしろ！」

佐久間は無言のまま、怒声を正面から浴びた。そもそも上官に言葉を返すことなど、職業軍人には許されてはいない。

「そんなことはどうでもいい。証拠がどこにあったか、話せ！」

武藤大佐は不機嫌に尋ねた。

はっ、と佐久間は短く発し、続けて質問に対する答えを口にした途端、武藤大佐の顔からたちまち血の気が失せた。

「馬鹿な……しかし……まさか貴様も一緒に……」

「いえ。自分は手を触れてはおりません」

安堵の息が漏れた。

「それで、回収した証拠のマイクロフィルムとやらは、今どこにある？」

「証拠は回収していません」

「何だと？」

「証拠は、その存在を確認しただけで、回収しませんでした」

「どういうことだ？」

「マイクロフィルムは、そのまま流させます」

「貴様、何を馬鹿な……」

太い眉《まゆ》の下のくぼんだ目が大きく見開かれ、充血した白目が剝き出しになった。

「それじゃ……そうか。さては、見つかったマイクロフィルムは、陸軍の暗号表《コードブック》を写したものではなかったのだな」

「いえ、おっしゃる通りのものでした」

「だったら、それを敵国のスパイに流させる馬鹿がどこにいる！」

武藤大佐が机の上に拳《こぶし》を落とした。怒鳴り声は参謀本部中に響き渡ったに違いない。他の連中が怯《おび》えたような顔を向ける中、佐久間はやはり調子を変えずに言った。

「どのコードブックが盗み撮られたのか判明した以上、コードを変えれば実害はありません。むしろ、敵に無意味なコードブックを使わせた方が、わが方の暗号交信にとっては有利です」

「何？　それはそうかもしれんが……」

武藤大佐は顔を向けた連中に、蠅《はえ》でも追うような手つきをしてみせた。

「スパイ野郎の身柄はどうした？」声を落として尋ねた。「それも、まさか泳ぐに任せているというんじゃないだろうな？」

「ゴードンの身柄は結城中佐が押さえました。教材として使うということであります」

「教材だア？」

武藤大佐が頓狂《とんきょう》な声をあげ、目を瞬いた。

「はっ、なんでも『二重スパイに仕立てあげる』という話でありました」

一瞬の間があって、武藤大佐が顔を真っ赤にして喚《わめ》き始めた。

「ちくしょう、結城の野郎め！　それじゃ、身柄も証拠も、手柄は全部持って行ったというわけか。教材だと？　クソッ、人を何だと思ってやがる！　玩具《おもちゃ》じゃねえんだぞ！」

佐久間はやはり直立不動のまま、一通り罵声《ばせい》をやり過ごした後で、言った。

「武藤大佐殿に、預かり物があります」

「俺に……預かり物？」

武藤大佐はきょとんとした顔で、佐久間が差し出したシガレットケースを受け取った。

「確かに俺の物だが……どこにあった？」

「〈花菱《はなびし》〉の廊下に、落ちていたそうであります」

「花菱だと？」

武藤大佐は訝しげに目を細めた。

「貴様、何しに花菱に行った？」

佐久間は「はっ、失礼します！」と言い置いて、机を回り込んだ。武藤大佐に近づき、顔を寄せ、耳元に囁くように言った。

「相手が馴染《なじ》みの芸者でも、スパイ容疑者の家を憲兵隊に調べさせたなどと喋《しゃべ》るのは、軍の機密保持違反です」

佐久間は、再び元の位置に戻って直立不動の姿勢をとった。

「尚《なお》、結城中佐は『今回の一件は公《おおやけ》にしないでおく』とのことでした。以上、報告終わります！」

武藤大佐は、血の気の失せた顔でしばらく黙っていた。恐ろしい目付きで佐久間を睨《にら》みつけているようだが、佐久間は壁の一点をじっと見つめたまま、あえて目を合わせなかった。

きつく嚙み合わされた歯の透き間から、やがて押し出されたような低い声が漏れた。

「……貴様、いつから連中の側に寝返った？」

佐久間は一瞬、微笑《ほほえ》みそうになった。

――裏切ったのは、あんたの方じゃないか。

そんな台詞《せりふ》が頭に浮かんだ。

スパイ容疑が浮かんだ際、武藤大佐は自ら憲兵隊を率いてジョン・ゴードンの家を捜索している。めったに机の前を離れない武藤大佐がわざわざ現場に出向いた。とすれば、それだけ精度の高い情報だったということだ。

ゴードンの家屋敷は、武藤大佐指揮のもと、強引に踏み込んだ憲兵隊によって徹底的に調べられた。

だが、結局証拠は見つからなかった。

その際ゴードンは、呆然としている武藤大佐に対して「これは不当な家宅捜索だ。今回の件は、大使館を通じて、後で正式に苦情を申し立てさせてもらう」と宣言したのだ。

本気であったかどうかは、わからない。

いや、ゴードンがスパイだと判明した今となっては、彼に本気でことを荒立てるつもりはなかった可能性の方が高いだろう。

だが、武藤大佐はゴードンの言葉に動揺した。もしそんなことをされれば、これまで築き上げてきた自分の経歴に傷が付く。今後の出世はもはや見込めなくなる……。

焦った揚げ句、武藤大佐は一計を案じた。

自分の失敗を隠蔽《いんぺい》するためには、その上に同じ失敗を塗り重ねてしまえばいい。誰かにもう一度、同じ失敗を繰り返させれば良いのだ。

ゴードンが大使館に訴え出るとしても、一度目より二度目の不当な家宅捜索の方を大袈《おおげ》裟《さ》に言い立てるはずだ。

——D機関にやらせる。

武藤大佐がそう考えたのは、ごく自然な成り行きであった。

二度目の捜査ミスが、以前から陸軍内で疎んじられているスパイ養成学校——D機関の失敗ということになれば、自分の失敗など、陸軍組織内ではほとんど目立たなくなる。それどころか、これを機にD機関の失態を言い立てて、機関自体を潰すことができれば、自分のミスは失敗とさえ言えなくなるのではないか？

まさに一石二鳥だ。

武藤大佐は自分の思いつきにほくそ笑んだ。

だが、そのためには生贄《スケープゴート》の山羊が一匹必要だった。相手にこちらの意図を知らせることなく命令を命令として伝える善意の第三者が。使い捨ての駒が。

——それが俺だったというわけだ。

口頭での命令だ。証拠はない。問題になっても、武藤大佐は「自分はそんなことは命じなかった」とシラを切り通すつもりだったに違いない。

佐久間は、ややもすれば浮かびそうになる皮肉な表情を、きつく奥歯を噛みしめることで、なんとか打ち消した。

「自分は、ご命令どおり、一連絡係として動いているだけであります」

なんとか無表情を保って言った。

武藤大佐は、まるで親の仇《かたき》でもあるかのように佐久間を睨みつけている。

「……下がれ」

「はっ？」

「下がれ、と言ったんだ！」

「分かりました。佐久間中尉、失礼致します」

踵《かかと》を打ち合わせ、敬礼した。

回れ右をした佐久間の背後で、思いきり机を蹴上《けあ》げる音が聞こえた。

6

参謀本部の暗い廊下を抜け、建物の外に出ると、満開の桜であった。

民間人の視線を遮る高い塀が参謀本部の周囲に廻《めぐ》らされているのだが、その塀越しに今を盛りと咲き誇る桜が枝を伸ばしている。

佐久間は目を細め、一つ大きく息をついた。

――人の営みなどとは関係なく、季節は巡ってくる。

その当たり前の事実が、妙に体に染みる気がした。

ふと気が付くと、佐久間の影が勝手に動き出していた。

ぎょっとして、深く吸いかけた息を途中で呑み込んだ。

影、ではなかった。

白い革手袋に、杖をつき、左足を引きずったぎこちない歩き方。

結城中佐が、背後から音も無く近づき、傍らを追い越していったのだ。

佐久間は小さく首を振り、無言のまま、先を行く黒い影に並んで歩き始めた。

結城中佐は、隣に並んだ佐久間のことなどまるで目に入らぬかのように、正面を見て歩き続けている。

佐久間はその黒い影のような姿に、ちらりと視線を走らせた。

——考えて見れば、最初から妙な話だったのだ。

結城中佐は常々「スパイとは、見えない存在だ」と言っている。その当人が〝見えない存在〟であるべきD機関の学生たちに、わざわざ目立つ偽の憲兵隊を組織させ、白昼堂々乗り込ませた。

なぜか？

今回の作戦の実行は、偽の憲兵隊でなければならなかったからだ。

標的《マト》であるジョン・ゴードンは、以前に一度、憲兵隊の家宅捜索を受けた。ゴードンがスパイであることは、武藤大佐が直々にお出ましになるほど精度の高い情報だった。それにもかかわらず、憲兵隊はついに証拠を見つけることができなかったのだ。

今回、再び憲兵隊が来て家宅捜索を要求した時も、ゴードンには、

——同じ憲兵隊の捜索だ。今度も見つかるはずがない。

と、高を括《くく》る気持ちがあった。

そこに油断が生まれた。

二度目の不当な家宅捜索にもかかわらず、彼は最初に形ばかりの抵抗をしてみせただけで、むしろ憲兵隊を自ら進んで家の中に招き入れた。捜索が始まってからは、口では大袈裟に文句を言っていたが、実際には捜索を妨害することもなく、また密かに証拠を他の場所に移すこともしなかった。その結果、目の前で証拠を取り出され、突きつけられるという、言い逃れのできない状況に追い込まれたのだ。

だが……。

憲兵隊が一度、徹底的に捜した。

〝悪名高い〟彼らが捜したと言えば、本当に一寸《いっすん》刻みに捜したはずである。

だから、偽の憲兵に化けたD機関の学生たちの今回の捜査は、見せかけの、ほんの形ばかりのものだった。本来なら、彼らは最初から家宅捜索などせず、本物の憲兵隊ならば絶対に捜さない場所を覗くだけで良かったのだ。

本物の憲兵隊が絶対に捜さない場所。

そんな場所が、しかしゴードンの家の中で一ヵ所だけ存在した。報告書には、

――朝晩、御真影に柏手を打つ姿が確認されている。

そんな記述があった。

ゴードンは御真影、畏れ多くも天皇陛下の写真の裏側に、証拠のマイクロフィルムを貼り付けていたのだ。

天皇の写真にじかに手を触れることは、今日《こんにち》の日本では絶対的なタブーだ。先日の新聞にも、誤って御真影に素手で触れたことを周囲から責められ、ついに自殺した小学校の校長の記事が出ていた。新聞の論調はしかも、それを当然として書いていた。

その心理的な制約が、家宅捜索をする憲兵全員に、目の前にありながら〝見えない場所〟を作り出していた。

一方で、天皇の正統性を平気で学生たちに議論させる結城中佐には、自分の目で現場を

見ずとも、そこで何があったのかを理解することができたのだ。

――そこまではわかる。

しかしそのためには、結城中佐は最低限、事前に憲兵隊が一度家宅捜索したことを知っていなければならなかった……。

佐久間は正面を向いたまま、影のようにひっそりと横を歩む男に尋ねた。

「その杖も偽装ですね？」

「貴様……調べたな」

黒い影が、喉《のど》の奥で微《かす》かに笑ったようだった。

佐久間はそれとわからぬほど、わずかに顎を引いた。

佐久間が参謀本部に呼び付けられてゴードンに関する調査の命令を受けたあの日、武藤大佐は明らかに二日酔いだった。前の晩、遅くまでどこかで飲んでいたに違いない。そう考えた佐久間は、ある可能性に思い当たり、かつて武藤大佐に連れられて行ったことのある飲み屋を訪ねて回った。

〈花菱〉の女将《おかみ》は、髪を伸ばした佐久間の姿を見て驚いた様子だった。が、佐久間が軍の極秘監査だと言うと、さすがに陸軍将校御用達《ごようたし》の店だけあってそれ以上の子細は問わず、質問に答えてくれた。

武藤大佐はやはり、あの前日、花菱で芸者を相手に遅くまで飲んでいた。

しかも、武藤大佐が飲んでいた隣の座敷で、酔って寝てしまったお客があったという。

「その客はどんな人物だ？」

急《せ》き込んだように尋ねる佐久間に対して、しかし女将は、決して怪しいお客ではない、と堅く請け合った。

「小さな貿易会社の社長さんで、以前からこの店にちょくちょく通ってくれています。愛想の良い、面白い方で、よく若い芸者を笑わせてくださる……」

説明を途中で遮って、佐久間はさらに訊いた。

「その客に、何かはっきりした特徴はないか？」

「特徴？　さあ。五十年配の、色の浅黒い、痩せた方ですが、これと言って……」

「例えば、左足が不自由で杖をついている。あるいは、いつも右手に白い革の手袋をしているといったことは？」

女将は首を横に振った。

——勘違いだったか。

礼を言って帰ろうとすると、女将がひょいと何か思い出した様子で、佐久間を呼び止めた。

「そうそう。そう言えばあの晩、そのお客さんが武藤大佐の落とし物を拾ってくださったのでしたわ。シガレットケースなんですが……中身がちょうど空《から》でしたので、そのまま預かってたんです。この後参謀本部に行かれるのなら、武藤大佐に届けてくださいませんか？」

苦笑して女将からシガレットケースを預かり、だが、参謀本部までやってきて、ある途方もない思いつきが佐久間の頭に浮かんだ——。

「……その左手は義手だったのですね？」

佐久間の問いに、結城中佐は今度は、ふん、と軽く鼻を鳴らしただけであった。

参謀本部内にある調査室で調べさせたところ、シガレットケースの表面からは指紋が検出されなかった。

正確には、武藤大佐本人と花菱の女将、それに佐久間以外の何者の指紋も検出されなかったのだ。

——シガレットケースを拾ったお客の指紋がついていなかった。

そのことが判明した時点で、佐久間の頭の中で全ての糸がつながった。

結城中佐は、かつてスパイとして国外で捕まった際、拷問で左手を失っていたのだ。最近欧州で開発された精巧な義手の中には、指を動かすことができるものもあるという。杖を握り、あるいは、茶碗や杯を持つことまでなら、訓練次第では相手にそれと気づかれないよう振る舞うことも可能だろう。だが、飲み屋の薄暗い照明の下でならごまかせても、日の光の中、衆目に晒《さら》し続けてばれない義手など存在しない。

——疑われているスパイに何の意味がある？

結城中佐は以前そう言ったが、あれは自分のことを指していたのだ。

左手を失うという、はっきりとした身体的特徴を刻まれた結城中佐にとって、外国での本格的なスパイ活動は不可能になった。そこで彼はD機関を設立して、自分に代わる〝見えない者たち〟の育成に乗り出した。その一方で、自らには右手に白い革手袋、常に左足をひきずり、杖をついて歩くという、極めて印象的な外見を与えた。

——手品と同じだ。

佐久間はもはや確信していた。

人は派手な身振りの方に目を奪われる。いつも杖をつき、右手に白い革手袋をしている男は、それがなければ別人だと思われやすい。結城中佐は、実際には杖など無くとも普通に歩くことができるし、右手の白い革手袋の下はおそらく無傷に近いのだろう。花菱の女将は「愛想の良い、面白い方だ」と証言した。白手袋に杖をついて左足をひきずる派手な身振りを外し、さらには普段意図的に顔に張りつけている影のように冷ややかな表情を一変させれば、それが同一人物だとは誰も思わない。

外国の諜報機関が相手ならともかく、素人客にはそれで充分なのだ。例えば、相手が武藤大佐であれば。

「武藤の奴め、酔っ払って芸者相手に機密事項をぺらぺら喋った揚げ句、廊下に落とし物をしていくほどの馬鹿だとは、さすがの俺も予想外だったよ。武藤が帰った後で廊下に出たら、すぐ目の前に奴のシガレットケースが落ちていた。右手は隣についた芸者にとられていた。あの場合は、左手で拾わない方が不自然だったんだ。シガレットケースは女将に預けて帰ったんだが、まさか貴様に指紋を調べられるとはな……」

黒い影が、くっくっ、と低く笑った。

D機関の創設者は、正体を隠して、武藤大佐の観察をずっと続けていた。

武藤大佐は自分のつまらぬ失敗を糊塗《こと》するために、D機関を使おうと考えた。

だが実際には、この機会を待っていたのは、結城中佐の方だったのだ。

目的は——。

うちはろくな予算もつかない貧乏所帯だ。

結城中佐は以前そんなことを言っていた。

だが、弱みを握られた武藤大佐は、これから先、参謀本部が握る莫大《ばくだい》な機密費の中から要求どおりの額をD機関に回さざるをえなくなる……。

「三好が感心していたよ。貴様、あの場で本気で腹を切るつもりだったらしいな？」

結城中佐はそう言って、面白がるように、にやりと笑った。

——そう、今ならばわかる。

あれは、いつかの夜、天皇制を議論している学生たちに対して佐久間が言い放った言葉を試す三好の冗談だった。と同時に、マイクロフィルムの在りかについて、三好が佐久間に与えたヒントだったのだ。

「貴様、うちでスパイの訓練を受ける気はないか？」

結城中佐の提案に、佐久間は無言で首を振った。

覚悟を決めて振り返ったあの時、三好の口元に浮かぶ微かな笑みを見て、佐久間はとっさに三好の意図を察した。そして、御真影の裏を確認するよう英語で指示を出した——。

三好が感心したのは本当だろう。

だが、それも半分だけだ。

三好たちがとっくに気づいていた後の半分——武藤大佐が自分のミスを隠蔽するためにこの件を仕組んだことは、あの場では思いつきもしなかった。そんな奴が、結城中佐の下でスパイなど務まるはずがない……。

「自分はあくまで軍人です」

佐久間は胸の内にわきあがる奇妙な妄想を振り払うように、きっぱりと言った。

「必要とあらば、自分はいつでも腹を切る覚悟があります。ただ……」

続いて、自分でも思いもかけぬ言葉が口から出かけた。そのことに佐久間は自分でも驚いて足を止めた。

——ただ、駒として使い捨てられるのはごめんだ。

複雑な思いで、胸の内に浮かんだその言葉を呑み込んだ。

軍人としては決して抱いてはならぬ観念だった。だが一度胸の内に芽生えてしまったその思いを打ち消すことは、もはや不可能だった。

その場に釘付《くぎづ》けになったように足を止めた佐久間を残して、杖をついた結城中佐はぎこちない動きで歩み去る。

佐久間は、結城中佐の痩せた背中が角を曲がって消えるのを見送った。
見上げた青空で、ふっ、と誰かが笑った気配がした。

幽霊　ゴースト

1

この季節、眼下に広がる海の青は目に眩《まぶ》しいほどだ。

横浜の港を一望する山の手界隈《かいわい》には、開港明治の昔から瀟洒《しょうしゃ》な洋館が数多く建ち並んでいる。その中でも白亜《はくあ》の壁がひときわ美しい建物が、一昨年、英国人技師の手で建てられたばかりの英国総領事公邸であった。

蒲生次郎《がもうじろう》が英国総領事公邸に通うようになって、ちょうど一週間になる。

横浜馬車道に古くからある〈テーラー寺島〉の店員として洋服を届けに来たのが先週の日曜。その時偶々《たまたま》公邸にいて暇を持て余していた総領事アーネスト・グラハム氏からチェスのお相手をおおせつかった。今年六十五歳になるグラハム氏にしてみれば、日本の若者がチェスを指せるだけでも奇跡的であり、まして腕自慢の自分とまともに指せるとは思ってもいなかったのだろう。

最初の一局は、あっさり蒲生が取った。

グラハム氏は驚き、それから本気になった。

その日は結局、三勝二敗二分けでグラハム氏が何とか勝ち越した。が、以来、グラハム氏は港に面した領事館でのその日の仕事を終え、山の手の領事公邸に戻ると、必ず、蒲生を呼び寄せてチェスの相手をさせている。

今日は日曜ということで、蒲生は朝から呼び出しを受けた。

今も、公邸二階の窓際に座る二人の間には格子縞《じま》の盤が置かれ、駒が並べられていた。

「王手《チェック》」

蒲生が騎士《ナイト》を動かして宣言すると、グラハム氏はいまいましげに顔をしかめた。

「ふむ、その手があったか……」

くわえていた葉巻を口から離し、絨毯《じゅうたん》に灰が落ちるのもかまわず、しばらく盤を睨《にら》んでいたが、結局手にしていた駒を盤上に投げた。

「これで私の十五勝十七敗六分けですね」

蒲生はにこりと笑って言った。

「領事もお忙しいと思いますから、今日はこのくらいで……」

「まあ、待て。せっかくの日曜だ。もう一番くらいは良かろう」

そう言いながら、グラハム氏はすでに駒を並べはじめている。そこへ、ジェーン・グラハム総領事夫人が入ってきた。

「あなた、ちょっとよろしいかしら」夫人はグラハム氏に近づいて声をかけた。

グラハム氏とは二十歳違いの四十五歳。肥満気味の領事とは正反対のすらりとした痩《や》せ型、ハシバミ色の目をした上品な女性だ。どうしたことか、今、その薄茶色の瞳《ひとみ》には不安そうな色が浮かび、形良く整えられた眉《まゆ》がきつくひそめられていた。

「ご覧の通り、わしは今手が離せん。後にしてくれんか……」

と言いかけたグラハム氏も、夫人のただならぬ様子に気づいたらしく、駒を並べる手を止めて尋ねた。

「なんだ？　どうした？」

夫人は無言のまま窓の外を指さした。

目をやると、前庭の植え込みの陰に工員風の服装をした男の姿が見えた。男はそこに身を隠すようにして、じっとこちらの様子を窺《うかが》っている……。

「あの男、昨日も裏口に来ていましたのよ」

夫人が声を潜めて言った。

「応対に出た下女には『横浜水道局の者だ。水漏れのチェックに来た』と言ったそうですが、水道なんかろくに調べもせず、家の中を探るような目で見ていたのですわ。わたくし、何だか気味が悪くって……」

どれどれ、とグラハム氏は椅子から立ち上がり、窓をまともに覗《のぞ》き込んだ。夫の肩口から夫人が顔を覗かせ、すぐに首をすくめて呟《つぶや》いた。

「おお嫌だ。あの目付き。まるでスパイみたい……」

グラハム氏が蒲生を振り返って訊《き》いた。

「君はどう思う？」

「おそらく日本の憲兵、ですね」

蒲生は盤に駒を並べながら答えた。

「憲兵？　どうしてそんなことが分かりますの？」

「簡単な推理ですよ」

蒲生は顔をあげ、窓の方を向いて続けた。

「彼の顔はたいへん日焼けしています。そのくせ額から上は妙に生白い。また、頭頂部の髪の毛が薄くなっていることも、ここから見て取れます。これらの事実から、彼は仕事でいつも外を歩き回る人物で、しかも普段は帽子を被っていることが推測されます。では、なぜ彼はいま帽子を被っていないのか？　帽子を見れば、彼の職業が一目瞭然《りょうぜん》、誰の目にもはっきりするからに違いありません。それほど特徴のある帽子をいつも被っていて、しかもそのことを知られたくない職業といえば、まず憲兵くらいしか考えられませんからね」

一瞬後、グラハム氏は、かっぷくの良い腹を揺すって豪快に吹き出した。

「あははは。だいたい、そんな見当だろうさ」

グラハム氏は、夫人に向かって片目を瞑《つむ》ってみせると、

「驚いたろう。この坊やはこの若さで、しかも日本人のくせに、英語が達者なだけでなく、どうしてどうして、なかなかの切れ者なのさ。さもなければ、わしをチェスで負かすことなどできるものか」

そう言って夫人の腕を軽く叩《たた》き、再び元の椅子に座って蒲生と向き合った。

「それじゃ、真相がわかったところでもう一番勝負といくか」

グラハム氏は駒を並べながら「やれやれ、あれがスパイねえ」と首を振って呟いていたが、何か思い出した様子で、ひょいと顔をあげた。

「そう言えば、わが大英帝国にはこんな諺《ことわざ》がある。曰《いわ》く『スパイ活動は汚い仕事である。だから紳士にしかそれを行うことができない』。例えば、かのベイデンポウエル卿《きょう》は、かつて南アフリカで行われたボーア戦争に際して、昆虫学者に変装して単身敵地に乗り込んだ。目的は無論、敵地をスパイするためだ。卿はこのスパイ活動に当たって予《あらかじ》め捕虫網の使い方をマスターしただけでなく、現地で見られる蝶《ちょう》の絵を描いたスケッチブックを事前に用意していたのだ。つまり、蝶の羽の模様の中に敵陣地の詳細を書き記せば、万が一調べられた場合でも疑われずに済むという工夫だな。ベイデンポウエル卿はさらに、敵に捕まった場合に備えて驚くべき準備をしていた。なんと、着ているシャツをどっぷりとブランデーに浸しておいたのだ。おかげで実際に敵に捕まった時も、相手はこれほど酒臭い奴がスパイであるはずがない、ただの酔っ払いだろうと思って、すぐに釈放されたということだ。さらに卿は……」

グラハム氏はそこでようやく、いつもの癖で喋《しゃべ》り過ぎたことに気づいたらしい。

「要するに、だ」と肩をすくめて言った。

「スパイというやつは〝紳士の仕事〟なんだ。今、うちの庭で阿呆面《あほづら》をして立っている男なんぞには、そもそもスパイの資格なんぞありゃしない。気にするまでもないさ」

「でも、あなた」夫人はグラハム氏にまっすぐに目を据えて言った。

「そうはおっしゃいましても、先の大戦の際、すっかり有名になったあのドイツ軍のスパイ〝マタ・ハリ〟は、少なくとも紳士ではありませんでしたわよ」

「うん？　マタ・ハリ？　そう言えばそうだが……しかしまあ、あれは女だからな……」

グラハム氏が口ごもると、夫人は今度は蒲生に目を向けた。

「ミスター・ガモウ。あなただから申しますけれど、日本はいま、どんどん悪い方に向かっていますわ。特に最近の中国大陸での日本軍のふるまいは酷《ひど》すぎます。このままでは、日本《このくに》は世界で孤立しますわよ。それとも日本は本気で世界を相手に戦争をするつもりなのかしら？　あげくに、うちにまでこれ見よがしなスパイを送って寄越《よこ》すだなんて、何て破《は》廉恥《れんち》な……」

「ノー、ジェーン！　ノー！　やめるんだ」

グラハム氏が珍しく夫人に対して厳しい声を上げた。

「ミスター・ガモウはテーラー・テラシマの店員だ。日本の政府や軍とは関係ない。彼はわしのチェスの相手をしに来ているだけだ。彼に八つ当たりするのはよしたまえ」

「ええ……そうね、そうだったわね。御免なさい、ミスター・ガモウ。わたくし、どうかしていましたわ」

「いいんですよ。気にしていませんから」

「きっと日本の慣れない気候のせいで、神経が立っているんだろう。向こうに行って横になっていなさい」

グラハム氏は立ち上がり、夫人の肩を抱くようにして言った。

「庭に立っている奴は、誰か使用人に言いつけて追い払わせれば良い。あまりしつこいようなら、わしから日本政府に厳重に抗議を申し入れよう……」

夫人をドアのところまで送って行ったグラハム氏は、戻ってくると、また元の椅子にどかりと腰を下ろして、首を振った。

「やれやれ、うちのやつにも困ったものだ。すまなかったな、君。……それじゃ、勝負の続きといくか。今度はわしの先番だったたな？」

グラハム氏は無造作に盤に手を伸ばし、自陣王《キング》前の歩兵《ポーン》を進めた。蒲生が正面の歩兵《ポーン》を突き返す。相も変わらぬダブル・キングス・ポーン・オープニング。グラハム氏お得意の展開だ。ここから大抵スコッチ・ゲームの形になる。

「ふん、スパイだと？　馬鹿め、スパイは紳士の仕事だ。スパイには冒険とロマンがつきもの……あんな薄汚い奴が、何でスパイであるものか」

グラハム氏は手を進めながらも、まだ収まり切らない様子でぶつぶつと呟いている。

蒲生は盤上に目を落とし、次の手を考えるふりをしながら、相手には気づかれないよう微《かす》かに笑った。

——目の前にいるのが本物の、、、スパイだと知ったら、グラハム氏は一体どんな顔をするだろうか？

答えを知りたい衝動を抑え、蒲生は手にした城駒《ルーク》で相手の僧正《ビショップ》を盤上から排除した。

2

二時間後——。

英国総領事公邸を辞した蒲生は、その足で港近くの公園へ向かった。

入り口で立ち止まり、何げない顔つきで左右を見回す。

公園の中央に、大きな円形の噴水盤。定期的に水が噴き上がるはずだが、今は水は上がっていない。

強い西日が差し込む公園内を、棒を手にした十人ほどの子供たちが甲高い声をあげて走り回っていた。全員が判で押したように坊主刈り、表もわからぬほど真っ黒に日焼けし、短いズボンに伸びたランニングシャツを着ている。隅の木陰では、子供らの母親と思《おぼ》しき婦人が数人、立ち話をしていた。池の脇に置かれたベンチには、散歩途中らしい一人の老人が杖《つえ》を脇において休んでいる……。

蒲生はぶらぶらと歩いて噴水に近づき、背中合わせに置かれたベンチに、老人とは反対向きに腰を下ろした。

時間になったらしく、噴水装置が稼働し、池から水が噴き上がり始めた。走り回る子供たちの声が一層高くなる。

一呼吸置いて、背後から、愛想のない低い声が聞こえた。

——報告しろ。

蒲生は正面を向いたまま、一瞬、微かに苦笑した。

ほとんど口を動かさず、目的の相手にだけ聞こえる特殊な発声法。背後の老人が発した声は、方向性を完全にコントロールされている。たとえ周囲を走り回っている子供たちが偶然近くに立ちどまったとしても、目の前の老人が話しているとは気づかないだろう。

それにもかかわらず、老人はわざわざ噴水装置が作動してから、ようやく口を開いた。

いや、それを言えば、公園のベンチに座るしょぼくれた老人が結城中佐の変装だとは、連絡相手である蒲生にさえ、すぐには見抜けなかったくらいだ。

念には念。

徹底した慎重さ。

それはまさに、蒲生が〝D機関〟で結城中佐から叩き込まれたことだった。

D機関——。

結城中佐の発案で、帝国陸軍内に設立されたスパイ養成学校である。

結城中佐は、陸軍内の強い反発を押し切り、事実上ほぼ一人でD機関を作り上げた。

蒲生はそのD機関の、記念すべき第一期生の一人だ。

「心証としてはシロです」

蒲生は、正面を向いたまま、相手と同じ方向性をコントロールした低い声で切り出した。

〝蒲生次郎〟は、今回の任務に際して用いることになった偽名である。

D機関で学ぶ者たちは、常に偽の名前と偽の経歴で互いを把握し、さらにそれらは任務によって、より適した仮面に付け替えられる。

「あの爺《じい》さんが事件に関係しているとは、僕にはどうも思えませんね」

「……理由は？」

「ご存じの通りチェスというやつはごく単純なゲームでして、その分、指し手《プレイヤー》の性格が出ます」

蒲生は続けて、チェスの相手をしながら読み取ることのできたグラハム氏の性格を早口に数え上げた。

単純。そのくせ策に走りたがる。

迷信深い。

権威伝統に弱い。

保守的。見栄《みえ》っぱり。

蘊蓄《うんちく》好き。

「これら複数の特徴から推測する限り、彼が今回の疑惑に関わり、しかもそのことを周囲に隠し通している可能性は……」

「……五パーセント以下、だな」

結城中佐は自分で可能性を弾《はじ》き出して、しばらく沈黙した。

蒲生には無論、その沈黙の意味が理解できた。

五パーセント。

それでは駄目なのだ。

――可能性がゼロでない限り、相手をシロだと思うな。

それもまた、蒲生がD機関で教わったスパイの原則であった。

身分を隠して敵国にたった一人で潜入するスパイにとっては、周囲が抱く一パーセントの疑惑が文字通り命取りになる。

そして、逆説的ではあるが、今回の蒲生の任務もまた、五パーセントの可能性を残しながら、後で「間違いでした」では済まない話だったのだ。


ことの起こりは一ヵ月ほど前に遡《さかのぼ》る。

横浜の憲兵隊が深夜の巡回中、彼らの姿を見て慌てて逃げ出した一人の支那人の男を取り押さえた。

逃げ出したからには、何かしら後ろ暗いことがあるはずだ――。

憲兵たちによる手荒な取り調べが行われ、その結果、驚くべき陰謀が明らかになった。

男は抗日テロを目的とした秘密組織の一員であり、来《きた》る皇紀二千六百年の記念式典において、爆弾による要人暗殺計画が進んでいることを白状したのだ。

報告を受けた憲兵隊上層部は、青くなった。

祭典には、皇族の出席も予定されている。もし爆弾騒ぎなど起きれば、警備担当者一同が〝詰め腹を切る〟だけで済む話ではない。

——計画の全貌《ぜんぼう》を何としても明らかにしろ。

上からの狂躁的《ヒステリック》なまでの圧力に、現場は殺気立った。

これが裏目に出た。

何とか口を割らせようと普段にも増して苛酷《かこく》な拷問が行われ、その最中、容疑者が死亡してしまったのだ。

計画について具体的なことはまだ、ほとんど何も聞き出せていなかった。

判明したのは、組織が連絡のために使っている幾つかの通信場所だけだ。

外国の商社が入った雑居ビル。税関。通信社。銀行。レストラン。コーヒー店。

これらの場所に置かれた組織からの〝指示書〟によって、男は動いていたらしい。

早速、通信場所全てに見張りがつけられた。と同時に、建物の出入り口を全て閉じた後で連日内部の徹底的な捜索が行われ、指示書と思しき暗号メモ二通が発見された。

——一体誰が指示書を置いたのか？

怪しい人物を片っ端から引っ張って尋問したが、はかばかしい成果は得られなかった。

憲兵隊内部に苛立《いらだ》ちが募る中、各監視場所に出入りした者の膨大なリストを確認していた若い憲兵の一人が、偶然、ある事実を発見した。

監視が始まって十日の間に、全ての場所で姿を見られた人物がいる。

駐横浜英国総領事アーネスト・グラハム。

彼の名前だけが、唯一、全てのリストに共通していたのだ。

容疑者が浮かんだことで、憲兵隊は小躍りした。彼らは早速、外務省に対してグラハムの取り調べ許可を要求。しかし——。

事態を嗅《か》ぎつけた陸軍参謀本部が、これに待ったをかけた。

日本の憲兵が、確たる証拠もなく英国総領事を取り調べれば——さらに言えば、容疑がもし間違っていたなら——現在ただでさえ微妙な英国との関係がどうなるかわかったものではない。今後の軍の作戦方針にも密接に関わることである。

陸軍参謀本部は憲兵隊の動きを抑える一方、密《ひそ》かにD機関に調査を依頼した……。


「〝英国総領事アーネスト・グラハム氏が、今回の爆弾テロ計画と関係があるのか否か、容疑を確定しろ〟——それが依頼内容だ」

結城中佐は憲兵隊による調査内容が記された書類を渡しながら、そっけなく言った。

「ただし二週間以内、だそうだ。〝ことがことだけに、それ以上は憲兵隊を抑えておけない〟。参謀本部の連中はそう言っている。……できるか？」

「やるんでしょう？」

渡された書類に素早く目を通しながら、肩をすくめた。

呼ばれた時点で、結城中佐が任務遂行可能と判断したのだ。

――できるか？

などという問いかけは、答えのわかった修辞疑問にすぎない。

一読して書類を返すと、結城中佐は光のない暗い眼を動かさずに尋ねた。

「どうやる？」

「時間が限られている以上、通常の潜入任務のように、じっくり攻めるというわけにはいきませんね。ここは一つ、思い切って相手の懐に飛び込んでみますか」

結城中佐はあたかもその返事を予想していたかのように、無言のまま引き出しから分厚いファイルを取り出し、デスクの上を滑らせてよこした。

〈蒲生次郎〉

ファイルの表にはそう書かれている。

「英国総領事公邸に出入りしている洋服屋の店員だ。今回は時間がない。三日でコピーしろ」

「二日でやりますよ」

顔を上げ、にやりと笑って言った。

コピーとは、スパイがある人物の外貌《がいぼう》から経歴、人間関係、身振り、口癖、趣味、特技、食べ物の好き嫌いに至る、ありとあらゆる情報を自分の内に取り込むことをいう。

渡されたファイルによれば本物の蒲生次郎は、実際に数年前からテーラー寺島の店員として住み込みで働いていた人物らしい。

二日で彼をコピーし、その上で入れ替わった。

作戦期間中、本物は陸軍に極秘で身柄を確保され、人目に触れない場所に留め置かれることになった。

事情を知っているのは、蒲生を雇用するテーラー寺島の店主のみ。店主には、軍の機密作戦だということで厳重に口止めしてある。が、事情を知っているはずのその店主でさえ、しばしば目の前にいるのが本物の蒲生次郎ではないかと戸惑うほどの徹底ぶりであった。

蒲生は、テーラー寺島の店員として横浜英国総領事公邸に洋服を届けに行き、その際、総領事アーネスト・グラハム氏からチェスのお相手をおおせつかった。

偶然の成り行きのようだが、実際には、グラハム氏が所謂《いわゆる》〝チェス狂い《マニア》〟であること、チェス相手だった人物が最近イギリスに帰国したこと、従ってその時間領事は公邸で暇を持て余していることなどが、事前に綿密に調べ上げられている。その状況で、洋服を届けに行った蒲生は、自分もチェス好きであることをそれとなく仄《ほの》めかした。

グラハム氏が蒲生をチェスに誘ったのは、偶然などではない。蒲生が仕組んだ、言わば必然だったのだ。

最初の一局で勝った後は、適度に負けてやった。

その結果、予想通り、グラハム氏は連日蒲生を公邸に呼び付けて、チェスの相手をさせることになった。

グラハム氏はおそらく〝自分が蒲生を誘った〟と思っている。その後は〝無理に付き合わせている〟とも。

相手の意思をコントロールし、自分から行動したように思わせる方法は、手品師の選択《マジシャンズチョイス》と呼ばれる、ごくありふれたものだ。より多くの情報を手にしている者――例えば優秀なスパイ――にとっては、さほど難しいことではない。

この一週間、蒲生は連日グラハム氏のチェスのお相手をしながら、相手の性格を冷静に分析した。

その結果、出した答えが、
心証的にはほぼシロ。

だった。

ところが、その後の憲兵隊の調査によって、監視場所で発見された通信に英国総領事館で用いられている特殊な紙が使われていたことが判明した。

情況証拠としては、逆にほぼクロということになる。

〝シロ〟と〝クロ〟。

背反する二つの可能性をいくら掛けあわせても、所詮《しょせん》は灰色《グレイ》だ。英国総領事グラハム氏の処遇についての議論は、水掛け論にならざるをえない。

蒲生に与えられた任務がグラハム氏の容疑の有無を確定することである以上、このままでは任務失敗と見なされる……。

時間切れ《タイムリミット》まで、あと四日。

いや、標的《マト》の身辺に憲兵たちが姿を見せはじめたことを考えれば、そんなに時間は残っていないだろう。陸軍参謀本部が横浜憲兵隊を抑えておけるのは、せいぜいあと三日と見た方がいい。そのことは結城中佐も気づいているはずだ。

——どうする？

蒲生は自問した。

考えられる手は一つしかなかった。

——一か八か、やってみるか……。

その時、不意に、背後から結城中佐が立ち上がる気配が伝わってきた。

目をやると、噴水が終わり、それを機に、周囲を走り回っていた子供たちが、結城中佐の座るベンチ近くに集まってきていた。

結城中佐がこれ以上会話を続けるリスクを冒すとは考えられなかった。

杖をついた老人が覚束《おぼつか》無い足取りで植え込みを回り込み、蒲生が座るベンチの前を通って公園の出口に向かう。

前を通り過ぎる刹那《せつな》、老人が足を止めた。手にした杖の握りを持ち替える。低い声が聞こえた。

——どんな調査にも完全はない。そのことを忘れるな。

結城中佐はそれだけ言い残すと、ゆっくりとした足取りで公園を出て行った。

3

スパイの日常には冒険もロマンも存在しない。

そのことを、蒲生はD機関に入ってすぐ、嫌というほど叩き込まれた。

例えば、グラハム夫妻の会話にも出てきた、女スパイ〝マタ・ハリ〟。

第一次世界大戦中、彼女は天性の美貌と裸に近い踊りを武器に、フランス外務省、軍当局、さらには各国大使館員に取り入り、彼らから得た極秘情報を密かにドイツ軍に流していた。

〝マタ・ハリ〟の名は、美貌の女スパイとして日本でも広く知られている。

だが、実際には、彼女がドイツ軍に流していたのは新聞記事と大差ない二流の情報ばかりであった。

戦争が始まる以前から〝マタ・ハリ〟は奔放な艶聞《えんぶん》を周囲に撒《ま》き散らしている。その彼女に対して、いくらベッドの中とはいえ、苟《いやしく》も政府や軍の高官たちが極秘情報を漏らすはずがない。国家機密に携わる者たちは、役職に就くに際して〝セックス・スパイ〟に関する充分な注意を受ける。そもそもその程度の誘惑に屈するような人物に、国家を預かる資格はないのだ。

一般に流布する派手な、あるいは華やかなイメージとは異なり、スパイの本質はむしろ

〝見えないこと〟にある。

身分を隠して、たった一人敵国に潜入するスパイは、その正体を決して周囲に知られてはならない。

本来のスパイの活動とは、例えば、敵の組織の中で使えそうな人物を洗い出す。その人物に密かに近づき、買収、あるいは脅迫などの手段によって〝協力者〟に仕立てあげる。協力者から得た断片的な情報を総合し、それが何を意味しているのか、どれほどの価値があるのかを判断。その上で、敵に気づかれない方法を選んで、本国に密かに情報を送る、といったことであり、スパイが活動していること自体、絶対に相手に知られてはならないのだ。

諜報《ちようほう》活動の結果は、外交の場での切り札として、あるいは軍事作戦上の優位《アドバンテージ》として現れる。その時になって、敵ははじめて極秘情報がいつの間にか漏れていたことを知るのである。

——闇の中で何かが動いている。しかし、それが何なのかは誰にもわからない。

その意味で、本物のスパイは幽霊《ゴースト》に近い。

あるいは、灰色の小さな男《グレイ・リトルマン》。

いずれにしても〝目立たないこと〟こそがスパイの絶対条件だ。

〈テーラー寺島〉に戻り、与えられた一室で一人になった蒲生は、昼間の一件を思い返して、顔をしかめた。

　昼間、総領事夫人を怯《おび》えさせた男は、一見工員風の服装で監視をしていた。前日は横浜水道局の人間を装って、わざわざ裏口を訪れたという。

　――これだから素人は困る。

　蒲生は小さく舌打ちを漏らした。

　夫人にさえすぐにばれるような中途半端な変装など、標的《マト》に疑惑を抱かせ、状況を混乱させるだけだ。生兵法は怪我《けが》のもと。監視をつけたいのなら、下手な変装をするよりは、むしろ堂々と憲兵隊の身分を示した方がよほど効果がある。

最近、憲兵隊の一部が諜報《スパイ》活動に色気を示している――。

というあの噂は、どうやら本当だったらしい。もっとも、彼らが目指しているのは〝マタ・ハリ〟風の、本来のスパイの活動とは似ても似つかないものであろうが……。

　蒲生はもう一度小さく舌打ちをして、本来の仕事に戻ることにした。

　本来のスパイの仕事。

　今回の任務において、蒲生は標的《マト》の前に姿を晒《さら》し、直接調査を行うことになった。が、これは時間が限られていたためにやむを得ず採った例外的な手段であり、ほとんどの場合、スパイが標的《マト》や、あるいは協力者に対してさえ、直接顔を見せることはない。

　今回の場合も、チェスの相手をしながら心証を得ることは任務のごく一部であり、見えない場所での活動に費やしている時間の方がはるかに長かった。

　その一つが、標的《マト》の経歴調査だ。

人間は誰しも突然行為に及ぶのではない。過去の経験の積み重ねが、性格を作り、行動へと駆り立てる。そのためスパイは、任務に際してまず、標的《マト》の過去を徹底的に洗い出す。今回の場合も、グラハム氏がもし陰謀に関わっているのならば、過去にも何らかの兆候を示している可能性が高い。蒲生は、さまざまな手段を使って、グラハム氏の経歴を徹底的に調べ上げた――。

アーネスト・グラハム。

イングランド中部の貧しい家庭に生まれ、ごく若い頃にインドに渡って、一代で財を成した。英国総領事という現在の地位、さらには名門出身の夫人もまた、インドで得た莫大《ばくだい》な財産を使って、謂《い》わば〝買い取った〟ようなものだ。

現在はすっかり紳士然としているが、インドでは相当あくどい商売にも手を染めている。――豪放磊落《ごうほうらいらく》に見えて意外に狡猾《こうかつ》。

グラハム氏を知る幾人かの英国人は、侮蔑《ぶべつ》を込めてそう証言したが、蒲生自身、チェスの相手をしてすぐに、彼らの言葉の意味に気がついた。

チェスの勝負の最中、グラハム氏は途中何度か、夫人に呼ばれ、あるいは小用を足すために席を立った。その場合も、グラハム氏は部屋に蒲生を一人で残すことは決してなかった。席を立つ時は必ず、何げない様子を装って誰か使用人を呼び、戻って来るまで蒲生の見張りをさせているのだ。

グラハム氏はまた、自分から呼びつけておきながら、裏で密かに蒲生の身辺を調べさせている。英国総領事公邸でチェスのお相手をしている間に興信所の人間が聞き込みにきた。そのことを、蒲生は〈テーラー寺島〉を見張らせていたD機関の仲間から後で耳打ちされたが、これは予定通りの行動であった。調査結果を聞いたグラハム氏は、蒲生がすでに何年も住み込みで働いていることを知って、かえって安心したはずだ。

一見好々爺《こうこうや》、〝お人よし〟とさえ見えるグラハム氏が裏に隠し持つ意外な二面性。英国の身分制度は外から見える以上に頑強であり、この程度の狡猾さがなければ到底這い上がれたものではないのだろう。

──弱点があるとすれば……夫人か？

頭の中で情報を整理していた蒲生は、いったん思考を打ち切り、目を細めて、夫人の姿を思い浮かべた。

ハシバミ色の眼、薄い金色の髪をいつもきれいに整えているジェーン夫人は、子供がいないせいもあって、実際の年齢《とし》よりはるかに若く見える。名門出の上品な美しい妻を、グラハム氏が大事に思っているのは確かだ。

その夫人は明らかに、中国大陸での現在の日本軍の行動を嫌悪している……。

あれこれ考え合わせれば、二週間という短期間でグラハム氏の容疑を完全に否定することは困難だろう。逆にまた、経歴からは、グラハム氏が陰謀に関わっているという決定的な証拠を見つけ出すことも難しい。

容疑は依然として灰色《グレイ》のままだ。

正直なところ、蒲生自身はグラハム氏が嫌いではなかった。

貧しさからろくに学校にもいけず、一代で財を成し、その金で名門出身の夫人を手に入れ、英国総領事の地位にまでのし上がった男。好々爺然とした外見の背後に隠し持つ狡猾さも含めて、蒲生はグラハム氏の生き方には、興味と、ある種の興奮さえ覚える。

だが、スパイにとって好き嫌いなどという感情は、任務とは所詮は別ものだ。

身分を偽って外国に潜入するスパイは、何年、あるいはもっと長い期間、たった一人見知らぬ地に留《とど》まり、任務を遂行しなければならない。場合によっては、現地の女性と結婚し、子供を儲《もう》けることもある。その方が、周囲の目をごまかす為には自然なのだ。

任務が終了すれば、スパイは彼らに一言も告げず、ある日突然姿を消す。

あるいは、もし家族が彼の秘密に気づくようなことがあれば妻や子供たちでさえ——事故や自殺に見せかけて——殺さなければならない。

今回の蒲生の任務は、グラハム氏の容疑の有無を確定することだ。

その為にはいかなる手段も辞するつもりはなかった。

蒲生は、任務開始からずっとグラハム氏の尾行を続けている。

朝、グラハム氏が公邸を出て領事館に車で向かうところから、日中、仕事で訪れる様々な場所、さらには夕方公邸に戻ってくるまで、およそ蒲生の目を逃れる瞬間はないと言って良い。

スパイ以外の者がD機関出身者の尾行に気づく可能性は低い。が、蒲生は念のため、尾行の間、何種類かの変装を使い分けていた。

公邸に戻ったグラハム氏は、連日、チェスの相手をさせるために〈テーラー寺島〉に電話をかけさせ、蒲生を呼び出した。

蒲生はその事実を確認した後で、何食わぬ顔で呼び出しに応じ、公邸に顔を出しているのだ。

この尾行調査の過程で、幾つかの興味深い点が明らかになった。

成り上がり者に共通する特徴は、前身を隠し、徹底した保守主義者を装うことだ。グラハム氏もその例に漏れず、イギリス紳士としての身だしなみを決して忘れなかった。帽子、糊のきいた白シャツ、杉綾織り《ヘリンボン》、もしくは濃い紺色《ダークブルー》の三つ揃いのスーツ、ポケットにハンカチ。外出する際は腕に必ず杖代わりの傘までぶら下げている。

英国から遠く離れ、習俗も気候も異なる日本でその服装を通すのは、英国紳士の戯画《カリカチユア》を見るようで、いささか滑稽《こつけい》ですらある。グラハム氏はその恰好《かつこう》で頻繁に外出した。行き先は――。

英国商社のオフィス、銀行、税関、通信社、コーヒー店……。

死亡した男が自白した陰謀組織の通信場所と重なるものが多い。

外出の頻度も、通常の総領事の仕事を考えれば多すぎる。

グラハム氏が日本でも頑として維持しているチップの習慣が、またやっかいだった。

ドアを開ける。荷物を持つ。給仕をする。ちょっとした手助け《ヘルプ》を受ける度に、グラハム氏は相手に小銭《チップ》を渡す。

その際本当に小銭だけが渡されたのか、それとも一緒に別の何か――例えば通信文――が受け渡されたのか、すぐには確認のしようがないのだ。チップという習慣は、英国のスパイが自然に情報を交換するために考案した生活習慣ではないかと、恨めしく思えてきたくらいである。

状況から判断すれば、グラハム氏が日本で何らかの秘密任務を受け持っていることは確かだろう。

彼の不審な行動の理由は、それで説明できる。

しかし、そもそも外国に駐在する領事、あるいは大使などという存在は、お互いの国が認め合った謂わば〝公認スパイ〟なのだ。そのこと自体は今更驚くような話ではない。

問題は、彼らがやり取りしている情報の質であった。

日本に重大な害をなすものでなければ、彼らの活動を厳重に取り締まるべきではない。それはある意味、お互い様だ。

だがもし、彼が爆弾による要人暗殺テロに関わっているとなれば、話は別だ。現時点でイギリスが国家として日本の要人に爆弾テロを仕掛ける可能性は極めて小さい。一方で、万が一爆弾テロが実行され、そこに英国総領事の関与が確認された場合、日英の関係は断絶し、あるいは戦争になる。

つまらぬ組織の活動によって、国家の間に戦争が勃発する。

そのような事態だけは何としても避けなければならなかった。

――容疑がある以上、とりあえず引っ張って尋問すべきだ。

憲兵隊の連中の主張も、その意味ではわからなくもない。

だが、もしグラハム氏が無実だった場合、彼を爆弾テロ容疑で尋問すること自体が、現在すでに微妙な日英関係に決定的なダメージを与えてしまう恐れがある。

一週間の調査が終わったが、容疑は依然として灰色《グレイ》。

――このまま今のやり方で調査を続けるか？　それとも別の手を考えるか……？

蒲生は畳の上にごろりと横になり、頭の後ろで手を組んで天井を見上げた。

罠を張って待つことも考えたが、グラハム氏の容疑がシロだった場合、見えない敵にこちらの活動をいたずらに知らせるだけの結果になる。

――それに、時間がない。

蒲生は顔をしかめた。

状況を見るかぎり、陸軍参謀本部がこれ以上憲兵隊を抑えておくことは不可能だろう。憲兵隊の連中がおかしなまねを始めて、手に負えない事態となる前に、何としてもケリをつける必要があった。

――自分の手で確かめるしかないか。

やはりそれが、この時点で考えられる最善《ベスト》の選択であった。

4

書斎の鍵《かぎ》は音も無く開いた。

蒲生は薄く開けたドアの透き間から書斎の中にすべり込むと、息をひそめて周囲の気配を窺った——。

深夜、二時。

英国総領事公邸内には、グラハム氏のものらしき鼾《いびき》の音がかすかに聞こえるだけだ。

全員が寝静まっている。

いや、執事の張大明《ちょうたいめい》だけは、いまこの瞬間も自分のベッドの中で目を覚まして、公邸内の物音に懸命に耳をそばだてていることだろう。

その張にしたところで、音も無く侵入した蒲生の存在に気づいたかどうかは怪しいものだ。たとえ気づいたとしても、張が起き出してきて蒲生の仕事の邪魔をする気遣いは不要であった。

張大明は、蒲生が今回の任務に就いて取り込んだ〝内部協力者〟だ。

相手組織内に〝内部協力者〟を作ることは、スパイの任務には欠かせない。

当然、スパイの標的《マト》となる組織の側でも様々な防衛策が講じられている。

例えばここ英国総領事公邸では、日本人は一人も雇わず、公邸内で働く使用人はすべて中国人。しかも、日本人に友人がいたり、あるいは日本に対して少しでも共感を持っている者は一人も雇われていない。全員、日本人に話しかけられるだけで嫌な顔をする者たちばかりだ。

一見、内部協力者を作ることなど不可能に思われる。

だが蒲生は、任務開始後、わずか五日で執事の張大明を〝落とした〟。

人間である以上、誰にでも弱点はある。

金、女、親兄弟、肉親への愛情、あるいは憎悪、酒、贅沢品《ぜいたく》、変わった趣味、性癖、過去に犯した失敗、肉体的コンプレックス……。

何でもいい。他人に知られたくないと思うことの一つや二つは探せば必ず見つかる。あるいは、それを知られたくないと思っている相手が必ずいる。それ自体はどんな些細《ささい》なことでも、本人がどう思っているかが重要なのだ。

張の場合は、賭博《ギャンブル》だった。

雇い主には隠しているが、彼は以前香港にいた頃、賭博にはまり、少なからぬ借金を抱えたことがある。

その事実を嗅ぎ付けた蒲生は、日本に来たばかりの支那人を装って張大明に近づき、極秘の地下賭場《とば》へ誘った。来日以来、張はギャンブルからすっかり足を洗ったつもりだったが、昔の虫が騒いだ。ここなら賭け額《か》も小さい。少しくらいは良いだろう。そう思ったに違いない。

小銭を賭けた最初の勝負に勝ったことで、箍《たが》が外れた。張は自分自身ではもはやコントロールできない欲望に取り憑《つ》かれ、賭場に通った。初日は勝った。二日目も。

だが、三日目。レートが上がった勝負で、彼は手ひどく負けた。次の勝負でも。また次の勝負でも。前日までの勝ち運が嘘のように、彼は負け続けた。

気がつくと、とても払えない負債を被っていた。

呆然《ぼうぜん》とする張の耳元で、誰かが囁《ささや》いた。

――払えないなら、死ぬか？

彼は青ざめた顔で首を振った。

――何とかしてくれ。

張は蒲生に泣きついた。蒲生はしばらく考えるふりをした後、仕方が無いと言った顔でため息をつき、ポケットから液体の入った小壜《こびん》を取り出した。

「あなたが勤めている英国総領事公邸では、毎晩交替で徹夜の警備をしている者がいるそうですね？　私から合図があり次第、当日の当番にこの薬を飲ませて下さい。無味無臭。飲み物に入れれば、絶対にわかりません」

「しかし……」

「心配することはありません。ただの睡眠薬ですよ。頂くのは金だけ。誰も騒がなければ、誰も怪我はしません」

蒲生は、なお躊躇《ちゅうちょ》している張の肩を叩き、にこりと笑ってみせた。

「もとはと言えば、イギリス人が中国で阿片を売りさばいて得た金じゃありませんか。私たちが頂いて何が悪いのです？」

……張大明には、あくまで金目当てに泥棒に入ると思わせてある。

もし日本のスパイへの協力だと知ったら、日本人嫌いの彼は死んでも首を縦に振らなかっただろう。無論、連日グラハム氏のチェスの相手に通ってきている日本の洋服屋の店員が、彼を賭場に連れて行った支那人と同一人物だとは、少しも気づいていないはずだ。

〝取り込み〟の基本は、飴《あめ》と鞭《むち》。

相手の弱点をつかみ、それと引き換えにささいなことを要求する。

自分で盗むのは駄目だが、盗みに入るタイミングを教えるのは構わない。食事に毒薬を盛るのは駄目だが、睡眠薬を入れるだけならやってもいい。自分の手で人を殺すことはできないが、見殺しにするのはかまわない……。

要するに、圧力と報酬のバランスが問題なのだ。

人によって、どこまで良心の呵責《かしゃく》を感じず、平気でやれるかは違ってくる。

相手の心の中を読み切ること。

基本的手口《マニュアル》は存在しない。スパイの任務では常に相手や状況に応じて臨機応変に対応することこそが重要だった。

今回の場合も、蒲生は、相手を安心させるために現金の置き場所、金額についてしつこく尋ねた。

一方で、警備の者の飲み物に薬を入れる以上のことは要求しなかった。

そのことによって張は、

――現金は、書斎の金庫に入っている。たとえ警備の者が眠っていても、書斎に入るためにはグラハム氏が肌身離さず持っている鍵が必要だ。金庫も頑丈にできている。お金を盗むことはできないはずだ。

そう自分に言い聞かせることができたはずだ。

――自分は何も犯罪に加担するのではない。

懸命に自分にそう言い聞かせているのが、蒲生には手に取るようにわかった。

無理にでも自分を納得させる理由を与えてやることで、相手を確実に動かすことができる。

蒲生がさっき確認したところ、警備の者は正体もなく眠りこけていた。

打ち合わせ通り、張が彼の飲み物に薬を入れたのだ。

明日の朝になって現金が盗まれていないことが判明すれば、張は奇妙に思うかもしれない。

張を連れていった地下の賭場は、急拵《きゅうごしら》えの偽物である。勝負もインチキだ。

今回は時間がなかったせいで、多少強引な仕掛けになった。賭博の熱が冷めれば、張に疑惑を抱かれる可能性がある。だが、自分の手で警備員に薬を飲ませた以上は、もし疑いを抱いたにしても、自分から言い出すことはもはやできないはずだった……。


一呼吸置いて、蒲生はゆっくりと動き出した。

ドアを閉めると、書斎の中は完全な闇に包まれる。光などなくとも、行動に支障を来《きた》す恐れはなかった。

書斎の中の様子は完璧《かんぺき》に頭に入っている。

ソファー、チェスト、棚、棚の上に並べられた置物、書き物机、書物、写真立て、時計、フロア・スタンド……。それぞれの配置場所と距離、さらには絨毯の厚みの変化まで、蒲生は頭の中に完全に思い描くことができた。

ドアの脇にある傘立てを蹴飛《けと》ばさぬよう、慎重に足を進める。

軽く伸ばした蒲生の指先に、硬い金属の感触があった。

金庫だ。

とっさに、昼間に確認しておいた金庫の形状が脳裏に浮かんだ。

縦横一メートル、奥行き八十センチ。

一般に〝チャブ金庫〟と呼ばれるイギリス製の重厚な耐火金庫だ。鋼鉄製の扉の表面には英国王室の紋章が刻まれ、扉の鋼板の厚さは五センチ。レバー・タンブラーを正規の鍵以外のもので動かそうとすると、検知装置《ディテクター》が働いて閂《かんぬき》を動かなくしてしまう。一旦《いったん》検知装置が働けば正規の鍵でもすぐには開かなくなり、不正解錠が試みられたことがわかるという念の入りようだ。レバー・タンブラーの数は八。およそ並の泥棒の手に負える代物ではない。

執事の張によれば、公邸内にある現金は夜間はすべてこの金庫にしまってある。領事館が本国との通信に使う暗号表も中に入っているはずだ。

蒲生は一瞬、あえてチャブ金庫に挑戦したい衝動に駆られた。

が、今回は暗号表目的の任務ではない。

蒲生は名残惜しげに金庫表面をひと撫《な》でして、先に進んだ。右回り。部屋の隅を起点に正確に三歩。右手を、顔の高さに上げる。

指紋をつけぬよう薄い手袋をつけた指先が、今度は額縁に触れた。

草を食《は》む数頭の馬を描いた十五号ほどの油絵。

蒲生は慎重に馬の絵を壁から外し、床に置いた。

壁の表面を探ると、かすかな出っぱりが指先に感じられた。

暗闇の中、蒲生は思わずにやりと笑った。

——ここまでは、まず予想通りだった。

5

状況的にはクロ。

心証的にはシロ。

その二つから判断がつかない以上、第三の証拠である物証を押さえるしかない。

爆弾による要人暗殺という大規模な陰謀をグラハム氏個人が計画し、また実行できるはずがない。そこには何らかの組織が関与しているはずだ。もしグラハム氏が本当に陰謀に関わっているならば、組織との関係を示す証拠が必ずどこかに見つかるはずである。

組織からの指示書、あるいは通信記録。

グラハム氏にしてみれば、それらの証拠を人目に晒したくはないはずだ。かといって簡単に処分もできないだろう。だとすれば、絶対に人目に触れさせたくないものを、グラハム氏はいったいどこに隠しているのか？

昼間、彼が執務を行っている領事館は、不特定多数の人間が出入りし、また金庫にしまったとしても金庫を開け閉めするのはグラハム氏当人とはかぎらない。

領事館ではありえなかった。

私宅として使われている公邸のどこか。

公邸の書斎には、グラハム氏以外は開けることのできない重厚な置き金庫がこれみよがしに置いてある。だが、金庫には毎日現金の出し入れをしている。その際、誰かの目に触れる可能性がないとはいえない。

〝豪放磊落に見えて意外に狡猾〟であるグラハム氏が、そんなリスクを冒すとは考えられなかった。

残る可能性は隠し金庫の存在である。

が、総領事公邸の設計図は英国本国にある。写しは存在せず、また英国でも極秘扱《トップシークレット》いのため、すぐに手に入るものではない……。

そこで蒲生は、チェスの相手をしながら、何げない日常会話の中に鍵となる言葉を組み入れ、その時々のグラハム氏の反応を確かめてみた。

秘密。隠す。内緒。人目に触れたくない。機密。ばれる。厳秘。暴露。書類。非公開。露見。内密……。

チェスに熱中しながらも、グラハム氏が示すちょっとした目の動きや無意識の反応を、蒲生は冷静に観察した。グラハム氏の反応から「隠し金庫」の存在は確定的だった。蒲生は徐々に範囲を狭めていき「書斎」の「馬の絵」の「裏」だと確信した。

今、指先に触れるダイヤル錠のつまみが、壁の中の隠し金庫の存在を告げていた。

——一般的なダイヤル錠。チャブ金庫ほどの難敵ではない。

蒲生はそう判断し、一瞬失望を覚えたが、すぐに仕事にとりかかった。

書斎に入ってからは、まだ一度も明かりをつけていない。指先に伝わってくる微《かす》かな振動を頼りに正しい数字の組み合わせを特定する。その為には明かりなど、むしろ邪魔になるだけだ。

——錠前は女と同じで、優しくしてやれば、最後には必ずこっちの思いどおり開いてくれるんでさア。

かつて講師として招かれた小男は、D機関の学生たちを前に、卑猥《ひわい》な笑みを浮かべてそう言った。

岸谷というその貧相な体格の小柄な老人は、東京刑務所から連れてこられた錠前破り専門の泥棒であった。

「わしら泥棒が入って出て行くまでの仕事の平均時間はだいたい五分。侵入に一分、現金を探すのに三分、逃走に一分。……まあ、そんなところですな」

老人はそう言うと、実際に針金一本を使って、一般的な家庭の玄関についている鍵を、ものの三十秒で開けてみせた。

D機関の学生たちが、一度見ただけでたちまちその技術を習得してみせると、岸谷は呆《あき》れたように目を瞬かせた。そして、すぐにむきになった様子で、今度はD機関が用意した様々な種類の金庫の錠前破りにとりかかった。

イギリス製のチャブ金庫、アメリカのモズラー社製品、フランスのフェシエ金庫、ドイツのペルツ……。

岸谷老人は自ら〝日本一の錠前破り〟と嘯《うそぶ》くだけあって、それらの金庫を――苦労しながらも――正規の鍵なしで開けてみせた。

額に浮かぶ汗を拭《ぬぐ》い、自慢げな顔でやり方を説明した岸谷は、しかし、すぐに驚嘆に目を見張ることになる。彼が一生をかけて習得した錠前破りの技術を、D機関の学生たちはわずかな日数で手に入れてしまったのだ。

数日後。もはやすべての技術をさらけ出し、お払い箱となった岸谷は、刑務所に連れ戻されることになった。

再び手錠をかけられ、連行されて行く途中、岸谷老人はふと学生の一人に目をとめ、近くに呼び寄せて、こう耳打ちをした。

――あんた。わしが刑務所から出たら一緒に仕事をせんかね？

実を言えば、書斎の鍵は初日に来た時にすでに手に入れていた。

仕立てた洋服を届けにきた蒲生は、ズボンの裾《すそ》丈を確認したいと言って、グラハム氏に試着してもらった。その際、グラハム氏の隙を見て、穿《は》いていたズボンのポケットから鍵を取り出し、蜜蠟《みつろう》に押し付けて型をとった。その型をもとに合い鍵を作っていたのだ。

もちろん、岸谷老人が目をとめたほどの優れた腕を持つ蒲生には、書斎の鍵などは、わざわざ型をとって合い鍵を作らなくとも、針金一本で二十秒もあれば開けられる。だが、針金による解錠《ピッキング》では、どんなに気をつけてもわずかな跡が残る。

スパイの仕事は、泥棒とは違い、盗《と》られたことを相手に気づかせてはならない。跡の残らない合い鍵が手に入る場合は、極力合い鍵を使うべきなのだ。

暗闇の中、蒲生が隠し金庫の解錠に要した時間は約五分――。

他に何か仕掛けがないかどうか慎重に確認してから、ゆっくりと扉を開けた。

金庫の中にペン型のライトをさし入れ、光が漏れないよう周囲を囲い、はじめて明かりをつけた。

狭い隠し金庫の中に、手帳が何冊か入っている。

蒲生は手帳を取り出し、素早く中身に目を走らせた。

暗号ではなく、通常の英語で書かれている。癖のある筆記体。グラハム氏の自筆に間違いない。内容は――。

蒲生は思わず微苦笑を漏らした。

手帳は、グラハム氏がインド時代からつけている日記だった。

現地で行った犯罪まがいのあくどい商売。悪い噂。それをもみ消すための多額の賄賂。他人に告げることの出来ない密やかな欲望。放埒《ほうらつ》な女性関係。貴族階級の者たちへの罵詈《ばり》雑言……。

そういったものが、歯に衣を着せぬ率直さで直截《ちょくせつ》に綴《つづ》られている。だが、爆弾テロを目論《もくろ》む組織との関係を示す記述は、どの手帳を探しても、少しも見当たらなかった。

グラハム氏が最も人目に触れるのを恐れ、隠し金庫にしまい込んでいたのが、この日記だった。

念のため調べてみたが、手帳自体にはいかなるトリックも存在しない。

見つかるべきはずの場所に、物証が存在しなかった。

とすれば、これでグラハム氏が爆弾テロに関与している可能性は、限りなくゼロに近くなる――。

蒲生は元どおり、隠し金庫の中に手帳を戻した。

ペンライトを消すと、周囲は再び完全な闇に包まれた。

〝限りなくゼロに近い〟は〝ゼロ〟と同じではない。

だが、無いことを証明するのは現実問題として不可能だ。これでよしとするしかない。

音を立てないよう元どおりに金庫の扉を閉めながら、蒲生の脳裏にふと、先日報告を行った際、結城中佐が言い残した言葉が浮かんだ。

――どんな調査にも完全はない。そのことを忘れるな。

あの時点で、結城中佐はすでにこの結果を予想していたのだろうか？

蒲生は闇の中から結城中佐に見られているような気味の悪さを覚え、しかし、すぐにその感覚を追い払うと、指先の感覚記憶に気持ちを集中した。

成否がどうあれ、侵入したことを後で相手に気づかれるようではスパイ失格だ。侵入以前と完全に同じ状況にして、この場を立ち去らなければならなかった。

蒲生は床に置いた馬の絵を取り上げ、隠し金庫の上から壁に掛けた。

額縁の右肩が、微妙に下がっていた。

指先の感覚記憶に従って角度を調整する。その時だ。蒲生は奇妙な違和感を覚えて手を止めた。

――なんだ？

公園……結城中佐……。その辺りだ。あのとき結城中佐は――。

思い出した。

――どんな調査にも完全はない。そのことを忘れるな。

そう言いながら、結城中佐は杖の握りを持ちかえた。あれは不必要な動きだった。あの結城中佐が、たとえ瞬《まばた》き一つにせよ、わざわざ不必要な動きをするだろうか？

脳裏に、不意に一つの可能性が浮かんだ。

まさか……。

暗闇の中、蒲生は背後を振り返った。

見えるはずのないものが、一瞬、見えた気がした――。

6

三日後。夕刻――。

いつものように英国総領事公邸に呼び出しを受けた蒲生は、チェスを一局指し終えたところで、明日からはもう来られなくなったとグラハム氏に告げた。

「赤紙《あかがみ》が来ました」

蒲生は、突然の申し出に目を丸くしているグラハム氏に肩をすくめて言った。

「召集令状。陸軍に徴兵です。入隊するのは来週ですが、その前に故郷《くに》の親戚《しんせき》に顔を見せてこようと思いましてね。店は今日から休暇を貰《もら》いました。そういう訳ですので、チェスのお相手をできるのも今日で最後です」

「そうか。君が日本陸軍に入隊、ね……」

グラハム氏は眉根を寄せて残念そうに呟いたが、立ち上がると、蒲生に手を差し出した。

「武運を祈る。君には世話になった。いつかまた君とチェスができる日が来ることを、楽しみにしているよ」

やはり立ち上がり、握手を交わしながら、蒲生は内心で苦笑を禁じえなかった。

——君には世話になった。

グラハム氏はそう言った。だが、本当の意味で、彼がその言葉の重みを知ることは、今後も決してないであろう。まさか自分が恐るべき爆弾テロ容疑で逮捕されるところを、危ういところで蒲生に救われたのだとは。

日本の憲兵隊が英国総領事グラハム氏に容疑をかけたきっかけは、組織が指定した連絡場所で彼の姿が必ず目撃されたことだった。しかも、その後の調査によって、指示書と思しき暗号メモには、英国総領事館で用いられている特殊な紙が使われていることが判明した。

状況から判断する限り、グラハム氏が指示書を運んだ可能性は極めて高い。

状況証拠はクロ。

だが、蒲生がグラハム氏から直接得た心証は、むしろシロに近かった。

この奇妙なねじれを前にして、蒲生はどちらが間違っているのかはっきりさせようとしてきた。

だが、もしどちらも正しいとしたらどうか？

グラハム氏はテロ組織の指示書を通信場所に運んだ。だが、彼自身がそのことに気づいていないのだとしたら？

三日前、英国総領事公邸に侵入した蒲生は、現場を撤収する直前、結城中佐が示唆したある可能性に思い当たり、その仮定が正しかったことを確かめた。

英国紳士であることにこだわるグラハム氏は、どこに出掛けるにも杖がわりの傘を腕にぶら下げている。

蒲生は書斎の傘立てに置いてあったグラハム氏の傘を調べ、傘の柄が空洞になっていることを発見したのだ。

グラハム氏が〝善意の運び屋〟として使われていたのだとしたら――つまり、傘の柄に仕込まれた通信文を、本人がそれと知らずに運んでいただけなのだとしたら、奇妙なねじれにも説明がつく。しかし――。

一体誰が、何のために、そんな手間のかかることをしなければならなかったのか？

――その答えも、そろそろ出ているはずだ。

最後となるグラハム氏とのチェスの勝負を始めながら、蒲生はちらりと時計に目をやった。

英国総領事公邸に出掛けてくる直前、蒲生は匿名で一本の電話をかけてきた。

相手は、横浜憲兵隊本部。

手柄を焦る横浜憲兵隊が陸軍参謀本部の制止を振り切り、英国総領事アーネスト・グラハム氏を逮捕すべく人員を調え、まさに出発しようとしているタイミングであった。

憲兵隊長を名指しで呼びつけた蒲生は、来る皇紀二千六百年の記念式典で企てられている要人暗殺計画の首謀者たちの名前と職業、さらには彼らの現在の居場所を告げた。

憲兵隊長は突然掛かってきた匿名の電話に戸惑い、情報の信憑性《しんぴょう》を疑う様子であったが、蒲生は構わず、低い声で、脅すようにこう言って電話を切った。

――チャンスは今夜だけだ。すぐに行って逮捕しなければ、逃げられるぞ。

そもそも〝皇紀二千六百年の記念式典での要人暗殺計画〟などという陰謀が存在すること自体、絶対に外に漏れてはならない極秘事項だ。横浜憲兵隊としては、電話の情報を無視するわけにはいかないだろう。

少なくとも今夜、憲兵隊の連中がグラハム氏の逮捕に来る余裕はない。

蒲生が告げた容疑者は十数名に及ぶ。一人も取り逃がさないようにするためには、横浜憲兵隊は全隊員で手分けをして当たるしかない。今頃ちょうど、彼らは事件関係者の住居をいっせいに襲撃し、身柄を確保しているはずだ……。

「騎士《ナイト》で、女王《クィーン》を頂きます」

蒲生は、グラハム氏が盤上で仕掛けた単純な戦略《トリック》にわざと気づかないふりで、大胆に駒を進めた。

——逮捕した連中をいくら厳しく尋問しても、英国総領事アーネスト・グラハム氏との関係を示す証拠は出てこないはずだ。

蒲生は今では、はっきりとそう確信していた。

傘の柄に通信文を潜ませるなどというのは、スパイにとっては余りにありふれた、陳腐とさえいえる方法だ。通信文を隠して運ぶだけなら、そんな面倒なことをしなくても他にいくらでもやり方は存在する。蒲生が調査の過程で見逃したのもそのためであり、盲点と言われればそれまでだが、蒲生には何者かがあえてこの方法を選んだとしか思えなかった。

目的は——。

おそらく、グラハム氏に容疑の目を向けさせるためだ。

実際、蒲生の調査をもってしても、いったんグラハム氏に掛けられた容疑の可能性をゼロにするのは困難だった。

無いことを証明するのは不可能。

普通はそうだ。

だが、グラハム氏の容疑の可能性をゼロにする方法が、一つだけ存在する。

別の真犯人を見つけることだ。

公邸に侵入したあの夜、蒲生はグラハム氏の傘にちょっとした仕掛けを施した。

柄を外して中の空洞を探る者の指に、必ずインクが付着するよう細工しておいたのだ。

陸軍の研究所がD機関の依頼で開発した特殊な蛍光インク。通常は無色透明だが、ある特定の波長の光に反応して色が浮かび上がる。

それから三日間、蒲生はグラハム氏の尾行を続け、周囲の者たちの指に注目した。

蒲生が隠し持った装置の光に反応して、何人かの指が発色した。

英国総領事館に勤める支那人の書記係、グラハム氏が出入りするビルのクローク係、コーヒー店のウェイター、そういった連中だ。

彼らがグラハム氏の傘を使って通信文をやり取りしていることは間違いない。

一方、グラハム氏の指は無色のままだった。

状況的には〝ほぼクロ〟だったグラハム氏の容疑は、この時点で完全に消えた。

後は、グラハム氏にかけられた偽の容疑を晴らすために、新たに浮かんだ容疑者の身柄を憲兵隊に渡すだけで良い。だが――。

蒲生は「グラハム氏の容疑の有無を確定する」という今回の任務において、その過程で知り得た情報から、ある感触を得ていた。

爆弾テロ計画は、おそらく偽装《フェイク》だ。

いや、グラハム氏と引き換えに憲兵隊に引き渡した支那人たちは、全員が熱烈な愛国主義者であり、現在の日本軍の中国での振る舞いに怒りを感じて、抗議のために本気で爆弾テロ計画を実行するつもりでいるはずだ。

だが一方で、彼らを組織し、指示を与え、爆弾提供を約束していた組織は、これ以上は誰がどう辿《たど》っても決して正体に行き着くことのできない幽霊《ゴースト》だろう。

蒲生には、今回の一連の騒ぎの目的は、英国総領事アーネスト・グラハム氏を日本の憲兵隊に逮捕させ、日英関係を悪化させることにあったとしか思えなかった。その為に、日本にいる支那人の愛国主義者たちが利用されたのだ。

手口を見る限り、裏でどこかの国のスパイが暗躍したのは確実だった。

大陸の日本軍の兵力を削《そ》ぐために中国共産党が日本国内の愛国者を利用しただけかもしれない。が、それ以外にも、現在満蒙《まんもう》で日本軍と直接対峙《たいじ》しているソ連諜報部の仕業か、あるいは、欧州で英国と鋭く対立しているドイツが自陣営に日本を引き入れるためにしかけたトリックだった可能性さえある。

いずれにしても、どこかの国のスパイが裏で糸を引いていたのだとしたら、これ以上のことを探り出すのは簡単なことではない。

今回の任務は、当面、これで打ち切るしかなかった。

——どんな調査にも完全はない。そのことを忘れるな。

結城中佐のあの言葉はむしろ、蒲生が深追いすることを戒めたものだったのだ。

結城中佐はグラハム氏がシロと判明した時点で、蒲生に任務の終了を告げた。

陸軍に徴集されたことにして、グラハム氏の前から姿を消す。

それが、今回の任務の幕引きだった。

もっとも、蒲生はグラハム氏に嘘をついたわけではない。身柄を押さえられていた本物の蒲生次郎はそのまま軍に徴集され、大陸に送られることになった。グラハム氏が日本を離れるまでは、たとえ戦地で負傷したとしても、一時帰国することさえ許されない取り決めだ。間違っても、グラハム氏が本物の蒲生次郎と顔を合わせる危険性はない。

今夜、憲兵隊に逮捕された者の中には英国総領事館の書記係が含まれているが――皇紀二千六百年の記念式典での要人暗殺計画などというものは、表向きにはそもそも存在しないことになっている以上――、総領事であるグラハム氏には明日「彼は酒に酔って暴れたために逮捕された」と報告されるはずだ。

グラハム氏が、自分にどんな恐るべき容疑がかけられ、また周囲で何が起きていたのか、今後も決して知ることはないであろう……。

蒲生は、最後の一局の勝ちをさりげなくグラハム氏に譲って、席を立った。

グラハム氏は珍しく玄関まで見送りに出てくれた。

「やれやれ。明日から、わしはどうやって時間を潰《つぶ》せばいいのかね？」

グラハム氏は、名残惜しげにもう一度手を差し出した。白い毛で甲が覆われたその手を握ると、グラハム氏は左右を見回し、急に小声になって言った。

「ここだけの話だが、わしも近々日本からいなくなるかもしれん」

「……ご帰国、ですか？」

「うむ。君も知ってのとおり、わし自身は日本《このくに》が好きで、ずっと居てもいいと思っていたんだが、家内がちょっとな……」

「奥様が？　どうされたのです？」

「なに、どうせいつもの神経衰弱なんだろうが……」

とグラハム氏は迷った様子で一瞬言い淀《よど》み、結局、声を潜めて続けた。

「『幽霊が出た』と言って怯《おび》えておるんだよ」

「……幽霊？」

「家内は、三日前の晩に家の中を音もなく動き回る男の幽霊を確かに見た、こんな家にはもう住めない、と言ってきかないんだ。だが君、考えてもみたまえ。この公邸は建てられてまだ何年も経っていない。ここで死んだ者さえいないんだ。英国の先祖伝来の古い屋敷ならともかく、この家にどうして幽霊など出るものかね」

蒲生は相手の言葉を肯定するように、微笑《ほほえ》みを浮かべて無言で頷《うなず》いてみせた。

「君もそう思うだろう？　だが家内は、わしが何度言い聞かせても駄目なんだ。あげくに『どうしても英国に帰ろう』だ。……もっとも、家内が親戚連中に働きかけて、わしのために政府内にそれなりの地位を用意してくれたそうだから、まあ、帰らんわけにはいかんのだよ……」

仕方なさそうに呟いたグラハム氏の目には、言葉とは裏腹にぎらぎらとした野心的な光が浮かんでいた。

――この歳になって、もう一段階段を上る機会が巡ってきた。

どうやらその嬉《うれ》しさを、誰かに話したくて仕方がなかったらしい。

蒲生は如才なくグラハム氏の栄転を言祝《ことほ》ぎ、最後の別れを告げた。

7

港へと続く坂を下りながら、蒲生はいま聞いたばかりの情報を頭の中で反芻《はんすう》した。

――アーネスト・グラハム氏は、近々英国に戻り、政府内の要職に就く。

公邸に侵入したあの夜、蒲生はグラハム氏の日記を盗み読んだ。

インドでのあくどい商売。奔放な女性関係。他人には言えないおぞましい欲望。貴族階級への罵詈雑言。

一度目を通しただけだが、無論、一字一句正確に繰り返すことができる。

グラハム氏は、あの情報が公にされることを望まないはずだ。殊《こと》に夫人に知られることを、彼は何より恐れている……。

グラハム氏が帰国後、政府の要職につき、極秘情報に自由に触れられるようになったある晩、過去の亡霊が甦《よみがえ》る。正体不明の何者かがグラハム氏を密かに訪れ、日記の内容を夫人に告げないことを条件に、英国政府の極秘情報を要求するのだ。

圧力と報酬の問題。

グラハム氏は、間違いなく、自分の魂を売ることになる。

そしてその時になって、グラハム氏は、夫人が日本で目にした幽霊の本当の意味をはじめて知るのだ。

蒲生次郎という男の正体を。

——だが、そこまでにはまだもう少し時間がある。

それまでに、いくつ標的《マト》を陥落《お》とすことができるだろうか……。

蒲生は、任務の間かぶり続けてきた〝チェス好きの好青年〟の仮面を投げ捨て、口笛を吹きながら暗い坂道を下っていった。

ロビンソン

1

……ロンドンで目も当てられない失敗が演じられた。

グランド・ホテルを出てすぐ、伊沢和男《いざわかずお》は尾行の気配に気づいて微《かす》かに顔をしかめた。

背後を振り返らずに、尾行者の気配を確認する。

(二人……いや、三人か?)

念のためデイリー・テレグラフ社の前で足を止め、ショーウインドーに陳列してある新聞を読むふりをしながら、ガラスの表面を目視した。

——間違いない。

灰色の背広に灰色のソフト帽、中肉中背の目立たない男が、十メートルほどの距離を開けて古本屋を覗《のぞ》いている。通りの反対側、何げない風を装ってパン屋に入っていった男が相棒《パートナー》だろう。

二人とも素人《しろうと》とは思えなかった。

とすれば、こちらから見えない場所に、最低限、もう一人か二人はいるはずだ。

伊沢は、別れたばかりの取引相手の自信たっぷりな様子を思い出して、小さく舌打ちをした。

(だから、あれほど背後に気をつけろと注意したんだ……)

取引相手が尾《つ》けられていた。

それ以外に、伊沢に尾行がつく可能性は思い当たらない。だが——。

今はそんなことを言っている場合ではなかった。

(さて、と)

伊沢は新聞から顔をあげ、軽く口笛を吹きながら、フリート街を歩き出した。

途中、〈道化の王冠亭《クラウン・クラウン》〉に立ち寄ってコーヒーを一杯注文。窓際の席に座り、コーヒーを飲みながら、何げない様子で通りを観察した。

古本屋を覗いていた男が店の前を通り過ぎ、角を曲がって見えなくなると、案の定、三人目の尾行者が姿を現した。

——これで尾行者の位置関係は把握できた。

伊沢はコーヒーを飲み干し、店を出た。

売店で小銭を出してイヴニング・スタンダード紙を一部買い求め、急に思い出したことがあるといった顔つきで、来合わせた乗り合いバスに飛び乗った。

夕方の駅前渋滞につかまるとすぐにバスを降り、地下鉄駅で一駅分の切符を買った。

改札を抜け、ホームに入ってきた列車の一番後ろの車両に乗り込む。

発車寸前、伊沢はドアをこじ開けるようにしてホームに飛び降りた。

続いてホームに降りてくる者がいないことを確認してから、反対側のホームに回る。

逆向きの列車でチャリング・クロス駅へ。

駅前広場で順番待ちをしていたタクシーを二台やり過ごしてからつかまえ、いったん別の場所で車を降りた。

さらにタクシーを二台乗り換えた後、ようやく本来の目的地から二ブロック離れた場所を運転手に告げた……。

伊沢がオックスフォード・ストリートに面したその建物の前で足を止めた時、ロンドンの早い秋の日はすでに暮れ落ちていた。

街灯の明かりに照らし出された表看板にちらりと目をやる。

〈前田《マエダ・》倫敦《ロンドン・》寫眞館《フォトスタジオ》〉。

十五年前、前田弥《や》太《た》郎《ろう》なる人物が日本からロンドンに来て、この写真館を開いた。開店当初は客にゲイシャの着物を着せたり、フジヤマの背景画の前で写真を撮るといった所謂《いわゆる》〝似非《えせ》オリエンタリズム〟を売りにしていたが、ここ数年は英国に居住する日本人、のみならず地元ロンドンっ子たちからも〝腕の良いまっとうな写真屋〟としての信頼を勝ち得ていた。だが、その前田氏も寄る年波には勝てず、最近体を壊して、夫婦ともども日本に帰国したばかりであった。後を任されたのが、日本で写真の勉強をしていた前田氏の甥《おい》っ子——伊沢和男というわけだ……。

伊沢は店の裏手にまわり、慎重にドアを確認した。

ドアとドア枠の間に、髪の毛が一本貼り付けられている。

外出する際に伊沢が仕掛けたままだ。ごく初歩的な〝防犯装置〟だが、今日のように急いで呼び出された場合は何もしないよりはましだった。

伊沢はポケットから鍵《かぎ》を取り出し、低く口笛を吹きながら、ドアを開けた。

暗幕を引き回した写真館の内部は、日が落ちた後は完全な闇だ。その暗がりの中に、伊沢の口笛だけがこだまする。

若き日のシューベルトがゲーテの詩につけたという、有名なあのメ、ロ、デ、ィ、ー、。

〈魔王〉。

わが子を抱いて馬を走らせる父親、疾走する馬、恐怖におののく男の子、甘言をもって子供の魂を奪おうとする魔王。怯《おび》える子供。父親は言葉を尽くして我が子をなだめる。家に帰りついた時、父親が見たものは……。

伊沢は明かりを点《つ》けようとスイッチに手を伸ばし、だが、指がスイッチに触れる寸前、部屋の明かりが一斉に点灯した。

一瞬、まばゆい光に目を細める。

部屋の中に、先客の姿があった。

灰色の背広に灰色のソフト帽。男が手にした拳銃《けんじゅう》の筒先は、まっすぐに伊沢に向けられていた。

「見つけた《アイ・スパイ・ユー》」男が低い声で、無表情に言った。

「……」

伊沢が無言でいると、男は拳銃を向けたまま、軽く肩をすくめてみせた。

「〝かくれんぼ〟は終わりだ。君をスパイ容疑で逮捕する」

逃げ道を探して、左右に素早く視線を走らせる。

背後から両脇にぴたりと突きつけられた拳銃の筒先の感触に、伊沢は体の力を抜き、ゆっくりと両手を上げた。

2

「これは何の騒ぎです？　僕がいったい何をしたというんです！」

猿轡《さるぐつわ》を外されると、伊沢は早速抗議の声をあげた……。

写真館で謎の男たちに銃を突きつけられた伊沢は、両脇を抱えられるようにして外に連れ出され、そのまま通りに停めてあった自動車の後部座席に押し込まれた。

車の中で目隠しをされ、手錠をかけられた。そのうえ猿轡まで。すべて呆《あき》れるほどの手際の良さである。男たちがこの仕事に慣れているのは明らかだった。

車がスタートした後も、両側から挟み込むように座った男たちは終始無言だった。

尻《しり》の下の座席ごしに感じられる道の具合から判断すると、車はロンドン市内を抜け、どこか郊外に向かって走っているようだ。が、相変わらずどこに連れていかれるのか一切説明はない。

三十分ほどのドライブの後、車は唐突に停まった。

ドアが開き、車を降りるよう促される。

服の上から念入りに身体検査を受け、その後、やはり両側から腕をとられ、目隠しをされたまま、建物の中に連れていかれた。

建物の中に入ってからも長い廊下を歩かされた。階段を上がり、幾つか角を曲がった。

不意に鼻先でドアが開き、乱暴に背中を突かれた。

背後でドアが閉まる。同時に別の手が伊沢を受け止め、椅子に座らせた。

目隠しが外されると、まるで警察の取調室のような狭い部屋だった。

四方を窓のない白い壁にかこまれ、足元は毛足の短い灰色の絨毯《じゅうたん》。部屋の中央に飾り気のないスチール製の机が一つ。その机を挟んで向かい合うように、これまた愛想のないパイプ椅子がそれぞれ一脚ずつ――その一つに座らされていた。

伊沢の背後、椅子の両側に、英国の軍服を着た屈強な体つきの兵士が立っている。

部屋の中には、さらにもう一人、背後の見えない場所に誰かいる気配があった。

猿轡が外されると、伊沢は早速抗議の声をあげ、そのまま首《くび》を巡らせて背後を見ようとした。たちまち、両脇の男に肩と頭を押さえられた。

「ちくしょう、なんてことだ！」伊沢は大声で喚《わめ》いた。

「何かの間違いだ！　人違いですよ。お願いだから、手錠を外してください。このことは誰にも言いませんから、家に帰してください！」

突然、机の上に置かれたライトが強い光を発して、伊沢を正面から捉《とら》えた。反射的に顔を背けようとした。が、やはり頭と肩を両側からがっちりと押さえられたままだ。

眩《まぶ》しい光に目を細めていると、背後の人物が部屋を大きく回りこむ気配があり、続いて机の向かい側、正面の強い光の陰から男の低い声が聞こえた。

「残念ながら、貴様が日本陸軍の極秘スパイだということはすでにばれている。観念するんだな」

「スパイ？　この僕が、日本陸軍の、極秘スパイですって？」

伊沢はさも驚いたように声をあげた。

「いったい何の冗談です？　そう言えば、さっき写真館でも誰かがそんなことを言っていたな……。僕はただの写真屋ですよ。嘘だと思うなら、伯父《おじ》さんに訊《き》いてみてください！」

「伯父さん？」

「最近日本に帰国した前田倫敦写真館の主人、ミスター・マエダですよ！　ヤタロー伯父さんに訊けば、僕がどんな人間かわかるはずです」

「なるほど、それも一つの手ではある」男はひどく勿体振《もったいぶ》った口調で言った。

「だが、我々はもっと気の利いた人物の口から、君に関する証言を得ている。聞いてみるかね？」

男が軽く手を上げて合図すると、部屋のどこかに仕掛けられたスピーカーから声が流れ出した。

「……えー、それじゃ言うけどね……秘密だよ、絶対秘密だからね。きみ、オックスフォード・ストリート沿いにある前田倫敦写真館って知ってるかい？　うん、そうそう、そこ……あの店をやっていた前田って親爺《おやじ》が今度日本に帰って、代わりに甥っ子だっていう若い男が来たんだけど……ねえ、きみ、本当に誰にも言っちゃ駄目だよ。秘密なんだからね……うん、分かっている。きみと僕の仲だもの……そう、それでね、その新しく日本から来た伊沢和男って奴。知ってるかな？……そう、いつも店先で写真機をいじくっている、小柄な、愛想の良い、若い男のことさ……良い男《ハンサム》？　そうかな？　でも……そりゃそうさ、僕の方が良い男に決まってる。ともかく、あいつは本当は前田の親爺の甥っ子でも何でもない、実は日本軍のスパイなんだ……嘘？　嘘なものか。いいかい、日本の陸軍には通称〝D機関〟って呼ばれている極秘組織があってね。外務省の中でもごく限られた者しか知らないんだけど、あいつはそこから派遣されてきたんだ。……えっ、目的？　さあ？　何でも英国の内情を探り、後方を撹乱《かくらん》させるってことらしいけど……そうだね、悪いよね。そもそもスパイなんてものは、品性下劣な出歯亀趣味の連中がやる仕事さ。第一、僕たちの友好に水を差すなんて怪《け》しからん奴だよ……ねえ、きみ。それじゃ、僕たちの友好をもう一度確かめ合うと……」

そこで、声が途切れた。

録音されているのも気づかず、ちゃらちゃらと喋《しゃべ》りまくる声の主は——。

外村均《そとむらひとし》。最近ロンドン駐在になったばかりの新米外交官だ。着任後まだ二ヵ月も経たないというのに、英国のセックス・スパイにあっさりと搦《から》め捕られ、ベッドの中でかくも気楽に極秘情報を喋るとは、外務省もまた大変な人物を送り込んできたものである。それにしても……。

「ユウキは元気かね？」

何げない風を装って男が尋ねた問いに、伊沢ははっと我に返った。

結城中佐の名前を出してくる以上、相手は英国の諜報《ちょうほう》機関——しかも、かなりの上層部と考えて良い。とすれば、伊沢の側にも逆に敵の正体がある程度知れるはずだった。

伊沢は目を細め、眩しい光の背後にいる男の特徴をじっくりと観察した。

灰色の眼をした、痩《や》せた、面長の男だ。あまり若くはない。銀色の髪を短く刈り込み、引き締まった体つき。目立たない灰色の背広を着ているにもかかわらず、軍服を身にまとった他の者たちよりもよほど軍人らしく見える。右の頰を縦に走る古い傷痕《きずあと》は、勲章と引き換えに戦場で得たものだろう。とすれば——。

ハワード・マークス中佐。

英国諜報機関に籍を置く〝スパイの元締め《スパイ・マスター》〟の一人だ。

現在の肩書きは大佐か、あるいは准将にまで進んでいるかもしれないが、背広姿からは推測しようがない……。

いずれにしても、敵の正体が知れたことで伊沢は逆に腹が据わった。

ここからは、スパイ対スパイの駆け引きになる。

諜報員養成学校第一期生――。

伊沢和男が、通称〝D機関〟と呼ばれる場所で受けた様々な訓練の中には〝敵国課報機関に捕らえられた場合の対処方法〟が含まれていた。


「潜入スパイは正体を暴かれた時点で、その国における任務の失敗を意味している」

自ら教壇に立った結城中佐は、光のない暗い眼で学生たちを見回して言った。

「無論、それは望ましいことではない。だが一方で、失敗のない任務などありえない。むしろ、任務が失敗した場合の対応こそが重要なのだ。たとえば、」

と結城中佐は、そこで一瞬言葉を切り、皮肉な形に唇を歪《ゆが》めて先を続けた。

「今日《こんにち》、陸軍の馬鹿どもは、そもそも自分たちの作戦や任務が失敗することを想定していない。奴らは〝我々の任務に失敗はない。万が一そんなことになれば、その時は見事に死んでみせる〟と胸を張って言う。――愚の骨頂だ。死ぬこと、それ自体は少しも難しいことではない。死ぬことなど誰にでも出来る。問題は、死んだからといって失敗の責任を負うことにはならないということだ……」

その時にかぎらず、結城中佐はことあるごとに、

――死ぬ、あるいは殺すことは、スパイにとっては最悪の選択だ。

と繰り返し語った。

「死は常に世間の人々の最大の関心事だ。平時において誰かが死ねば、必ず周囲の関心を集め、必ず警察が動き出す。〝見えない存在〟であるべきスパイにとって、正体を暴かれる——否《いな》、単に周囲の関心を集めた時点で、任務の失敗を意味している」

それゆえスパイにとって〈死〉は最も避けるべき事態であり、一方で、それこそが日本陸軍の中でD機関が忌み嫌われている理由でもあった。敵を殺し、あるいは自ら死ぬことを前提とした軍隊組織の中で、スパイという存在は、所詮《しょせん》、箱の中に間違って紛れ込んだ腐ったリンゴ——周囲を腐らせる異物に過ぎない。

「だが、たとえ諸君が敵に捕らえられ、拷問を受けることになっても、少しも恐れることはない」

結城中佐は平然と、その理由を次のように説明する。

人が感じることのできる苦痛には限界がある。苦痛がその限界を超えれば、意識を失い、感覚が閉ざされる。人の心を叩《たた》き潰《つぶ》すのは、苦痛そのものではない。苦痛への恐怖心、内なる想像力だ。苦痛への過大な恐怖心さえ克服すれば、拷問自体はなんら恐れるものではない、と。

彼以外の者が同じ台詞《せりふ》を口にしても、少しの説得力も持たないであろう。だが——。

結城中佐は、かつて敵国に潜入中に仲間の裏切りにあって捕らえられ、苛酷《かこく》な拷問を受けた。その際彼は、身体の一部を失いながらも、隙を見て敵地を脱し、貴重な極秘情報を本国に持ち帰った。その実績が、彼の言葉に有無を言わせぬ真実味を与えていた。

「およそ心臓が動いている限りは、何とかして敵地を脱し、情報を持ち帰ることが、諸君に課せられた使命だ。そして、そのために必要なものは、無論、精神力や大和魂《やまとだましい》などといった訳のわからないものではない」

結城中佐は、学生たち一人一人の顔をまるで心中を見透かすような冷ややかな眼差《まなざ》しでぐるりと見回し、それからはじめて本題に入った。

「捕らえられ、尋問された場合の応答技術《テクニック》。そのことをこそ、諸君は予《あらかじ》め学んでおくべきなのだ」

伊沢がD機関で学んだものは、たとえば、

——どんな情報も簡単に相手に与えてはならない。最初はいかなる罪状をも否認せよ。即座に認めれば、かえって怪しまれることになる。

といった逮捕初期段階の対応から、

——相手がどの程度情報を握っているのか探り出せ。自分から喋るな。相手に喋らせろ。相手が安易に暴力を用いる場合は、かえって証拠は少ない。

——相手を怒らせて、圧力に屈する形でゆっくりと喋りはじめること。その方が信用されやすい。

——あくまで尋問側が自分たちで探り出した形にもっていくこと。そのためには、わざと煩雑に喋って混乱させる。ある部分は忘れたと言って語り残す。

——尋問者は常に〝推理作業〟をやりたくてうずうずしている。推理作業のきっかけとなるような取るに足りぬ曖昧《あいまい》な手掛かり、ちょっと見ただけでは分からないようなヒントをさりげなく与えること。相手は必ず食いついてくる。

——尋問は、畢竟《ひっきょう》言葉による駆け引きだ。相手が情報を得ようとする以上、こちら側にも相手の情報を得る機会が生まれる。その機会を決して逃すな。

といった様々な形の尋問を想定した応答技術であり、同時にそれらの技術を〝血肉〟とするための訓練であった。

（まさか、あれを実践するはめになるとはな）

伊沢は内心小さくため息をつき、だが、すぐに何げない風を装ってマークス中佐に向かい合った……。


尋問は一週間に及んだ。

幸い、手荒な扱いは受けることもなく、〝捕虜〟としてはまずまずの待遇であった。

尋問を受ける過程で、伊沢は幾つかのことを確認した。

相手がすでに知っていること。

知らないこと。

知りたいと思っていること。

誤認していること。

意外にも、逮捕直前、グランド・ホテルで伊沢が会っていた相手の存在は、まだ敵に知られていなかった。

「……もう良いでしょう」

伊沢は頃合いを見計らい、すっかり憔悴《しょうすい》し切った様子を装って、ゆるゆると首を振った。

「話すべきことは、すべて話しました。全部です。裏も表もない。まっさらですよ」

「なるほど、ここまでのところ君の証言内容は悪くない」

マークス中佐はパイプに煙草をつめ、火をつけて言った。

「辻褄《つじつま》が合い過ぎているのが、いささか気になるくらいだ」

「辻褄が合うのは当然ですよ。本当のことを喋っているんですからね」

「そうかもしれない。あるいはそうでないのかも」

「やれやれ、ずいぶん疑《うたぐ》り深いんですね」

マークス中佐はゆっくりと煙を吐き出し、それから独り言のように呟いた。

「もし君がユウキの部下でなければ、我々も納得しているところなのだがね」

「ユウキ？　結城中佐……ちくしょう、あんな奴、糞《くそ》食らえだ！」

伊沢は唐突に声を荒らげ、早口に結城中佐への罵詈《ばり》雑言を並べ立てた。

冷血野郎。

人買い。

女衒《ぜげん》。

地獄の使者。

若者の生き血を啜《すす》る吸血鬼。

サディスト。

…………。

やがて、がくりと首を垂れ、机の上に額をつけて呟《つぶや》いた。

「もう……いいかげん、勘弁して下さいよ。……これ以上、僕にいったい何を話せと言うんです？」

「簡単なことだ。君が知っていることを全部話せばいい」

伊沢はため息をつき、上目遣《づか》いに相手を窺《うかが》った。一呼吸置いて、囁《ささや》くように言った。

「……おたくで、僕を使ってくれませんか？」

ほう、とマークス中佐はパイプをくわえたまま、いかにも驚いた様に言った。

「すると君は、英国の為に働く二重スパイに自分から志願するというのかね？」

「これだけ喋れば、どうせ僕はもう裏切り者だ。日本に帰ることさえ出来やしないんです。こうなったら自棄《やけ》だ。何でもしますよ」

マークス中佐は目を細め、しばらく伊沢を注視していたが、

「よかろう。では、次の段階に移るとしよう」

「次の段階《ネクスト・デグリー》？　しかし……まさか、いまさら拷問《サード・デグリー》しようって言うんじゃ……」

「残念ながら、我々はナチじゃない。拷問は、無しだ」

マークス中佐は、パイプをくわえた口元に加虐的《サディスティック》な笑みを浮かべて言った。

「ただし、君が本気で我々の仲間になろうとしているのかどうか、本心を確認させてもらう」

――本心を……確認？

伊沢の背後でドアが開き、軍服姿の別の男が部屋に入ってきた。男は机の上に銀色の小箱を置き、マークス中佐に向かって敬礼して、無言のまま部屋を出て行った。

マークス中佐は小箱の蓋《ふた》を開け、中から一本の注射器を取り出した。

「うちで開発した最新の自白剤でね」

透明な液体が入った注射器を顔の前に掲げ、何げない口調で言った。

「手荒な拷問をするより、こちらの方がよほどスマートに君の本心を確認できるというわけだ」

伊沢は目を大きく見開き、次の瞬間、身をよじるように椅子から立ち上がろうとした。

「やめろ！　頼む、それだけは……やめてくれ！」

たちまち背後から逞《たくま》しい四本の腕が伸ばされた。伊沢を無理やり元の椅子に押し込めると、身動き一つできないほどの力でがっしりと押さえつけた。

右腕のシャツがまくりあげられる。

その腕に、注射器の針が突き立てられた。

3

——餞別《せんべつ》だ。持って行け。

結城中佐はちらりと目を上げてそう言うと、引き出しから取り出した紙包みを投げて寄《よ》越《こ》した。

伊沢がD機関での訓練を終え、いよいよロンドンに発《た》つ当日のことである。

スパイという任務の性質上、D機関の者が海外の任務に赴く場合も、他の軍人のような派手な見送りは期待できない。否、家族は無論、D機関で訓練を受けた同期の者にさえ一言も告げず、誰にも知られず、一人ひっそりと旅立つことになっている。

唯一の例外が結城中佐であった。D機関の学生たちが密《ひそ》かに〝魔王〟と呼ぶ彼だけは、当然、新たに派遣されるスパイの任地、任務、さらには出立日時を正確に把握している。

最後の挨拶《あいさつ》に訪れた伊沢に対して、結城中佐は〝餞別〟と称して小さな紙包みを投げて寄越した。それきり後はまた、普段どおり表情の読めない顔でデスクに向かい、書類仕事を続けている。餞別について何か説明があるのかと思って待っていたが、結局、無言で手を上げ、退出して良い旨を伝えられただけだった。

(やれやれ。もう少し何かあっても良さそうなものだがな……)

見送る者もなく一人英国行きの客船に乗り込んだ伊沢は、派手な船出のセレモニーが一段落した後、客室のベッドにごろりと横になった。思い出して、結城中佐に貰《もら》った紙包みを開けてみた。

包みの中身は赤いクロス張りの一冊の書物だった。中は横書きのアルファベット――英語らしい。その他にはカード一枚入っていなかった。

首を傾げ、本を開く。題名《タイトル》を確かめて、伊沢は思わず吹き出しそうになった。

"The Life and Strange Surprising Adventures of Robinson Crusoe"

『ロビンソン・クルーソーの生涯と不思議な驚くべき冒険』。

確か日本でも『ロビンソン・クルーソー』、もしくは『ロビンソン漂流記』といった題名で各種の抄訳が出ているはずだ。伊沢自身、その中の一冊を子供の頃に読んだ記憶がある。

（英国までの長い船旅の間、これでも読んで暇つぶしをしろという意味なのか？）

伊沢は苦笑しつつ、ベッドに横になったまま読み始めた――。

〟ヨーク生まれのロビンソンは父の忠告を振り切って冒険航海に出る。大嵐にあって難船したものの、ロビンソンは運よく生き残り、たった一人無人島に漂着する。その島で、彼は手元に残されたわずかな道具を使って家を作り、穀物を栽培して、たくましく生き抜いていく。

無人島に漂着して二十五年目、事件が起きる。

島の海岸で〈人食い人種〉に殺されそうになっていた一人の野蛮人の青年を、ロビンソンが救ったのだ。その日が金曜日だったことから、ロビンソンはその青年を〈フライデー〉と名付ける。

かくて〈もう一人の住人〉を得た島には、その時を境に多くの来訪者が姿を現すようになる。幾多の苦難の末に、ロビンソンは故国英国に帰り着くのだが……〟

久しぶりに読み返したロビンソン・クルーソーの冒険物語は、意外にも面白かった。

と言って無論、作中で主人公がしばしば大まじめに、また執拗《しつよう》に繰り返す〝神様談義〟や〝正義の問題〟の記述——論理的には滅《め》茶《ちゃ》苦茶——には閉口させられるし、作中にみなぎる〝白人中心主義〟には反吐《へど》が出そうだ。

面白く感じたのは別の点だった。

ロビンソンは漂着した無人島でたった一人で生き延びながら、頑《かたく》なに英国人であり続けようとする。彼の姿勢は、まさにスパイのそれとぴったり一致するのだ。

誰一人相手のない単独行動に生きる者——無人島での生活者、あるいは身分を偽って他国に潜入しているスパイ——は、つねに精神上の危機に晒《さら》されている。一般には誤解されているようだが、スパイが周囲の者たちの目を欺く行動は実は必ずしも辛い作業ではない。

それ自体は、要するに経験の問題であり、つまりは職業と割り切ればすむ話だ。

「そんなものは、たいていの者に獲得できる、ありきたりの能力だ」

D機関の連中なら誰でも、口元に小馬鹿にしたような薄笑いを浮かべてそう言うであろう。

俳優、詐欺師、手品師、賭博《とばく》者。

彼らもまた職業として他人を欺くことで生活している。だが彼らには、ときには演技を離れ、観客の列に紛れ込むことが許される。その瞬間、彼らは〈役割〉を離れ、元の自分自身に返っているのだ。

だが、敵国に潜入したスパイは一瞬たりともそのような救いに心を安らげることができない。彼らは常に、自分とはおよそ似ても似つかぬ別の人格に自身を同化させ続けていなければならないのだ。例えば——。

〝伊沢和男〟という彼の姓名、経歴もまた、今回の任務のために新たに与えられたものであった。

本物の伊沢和男は、ロンドンで写真館を経営していた前田弥太郎氏の甥っ子であり、実際に日本で写真を学んでいた若者である。現在は陸軍に徴兵され、どこか外部との接触を断たれた場所で、何らかの兵役に就《つ》いているはずだ。

今回伊沢に与えられたのは、英国ロンドンに身を潜め、当地の情報を収集し、かつ分析して日本に送るという、潜入スパイの任務であった。もし誰かに一瞬でも「彼は本物の伊沢和男ではないのではないか？」と疑われれば、その時点でたちまち任務に支障を来すことになる。

伊沢和男に関する莫大《ばくだい》な情報は、日本を出る前に徹底的に頭にたたき込んだ。もはや、いかなる場合、いかなる場所で、いかなる人物に尋ねられても、〝前田弥太郎氏の甥っ子である伊沢和男〟として振る舞うことが可能であった。無論そのためには、写真技術の習得も不可欠だが、そのくらいは苟《いやしく》もD機関に籍を置く者たちにとってはなんでもない。実際には、もっと些細《ささい》な情報——過去の人間関係やちょっとした癖、食べ物の好き嫌いといったものの辻褄《つじつま》合わせの方が、よほど神経を使う作業なのだ。

一瞬の気の緩みが、即座に破滅に直結する。

それは、南海の孤島にたった一人で漂着しながら、なお英国人としての内面を保ち続けようとするロビンソン・クルーソーの生活に酷似していた。

ロビンソン・クルーソーは無人島で聖書を読み、キリスト教の神に祈りを捧《ささ》げる。

ロビンソン・クルーソーは無人島で穀物を育て、粉に挽《ひ》き、パンを焼く。

ロビンソン・クルーソーは無人島でパイプを作り、煙草を吸う。

ロビンソン・クルーソーは山羊《やぎ》の皮でズボンをつくり、英国風の服装を整える。

ロビンソン・クルーソーは〝フライデー〟と名付けた野蛮人の青年に、自分を〝ご主人様《マスター》〟と呼ばせ、当然のように主従関係を強制して疑うことがない。

……。

生きていくことだけを考えれば、いずれもおよそ無駄としか思えないことばかりだ。南海の孤島では、彼の言う〝野蛮人の生活〟の方がよほど適した生き方であろう。

すべてはロビンソンが〝英国人として生きるため〟にこそ必要な手続きなのだ。

ロビンソン・クルーソーは無人島でたった一人で生活しながらも、〝英国人〟という自分の役割を捨て去ることなく、自ら創造したその役割に自分自身を同化させ続ける。

それはまさに、敵国に潜入したスパイが〝スパイ〟という役割を全うするために、その地で得た友人知人、さらには妻や家族にさえ何一つ本当のことを明かさず、何食わぬ顔で生活していく日常の寓話《アレゴリー》になっている。

――スパイ小説としての『ロビンソン・クルーソー』。

もっとも、あの結城中佐がそのような文学的なモチーフへの興味ゆえに、一冊の本を投げて寄越したとは考えづらかった。

伊沢は慎重にページをめくり、余白に何か指示が書かれていないかを確認した。

だが、そのようなものは一切見当たらなかった。どのページもまっさらで、誰かが先にこの本を開いたかどうかさえ怪しいものだ。

念のため、D機関で使用している様々な試薬や、さらには紫外線ランプでも試してみたが、隠しインクが使われている形跡もない。

ロビンソンの冒険譚《たん》を前に、伊沢は客室のベッドの上であぐらをかき、腕を組んで、結城中佐の意図を様々に推測した。

（ロビンソン・クルーソーは二十八年間、無人島での生活を余儀なくされた。今回の任務は、その程度の潜入期間を覚悟しろという意味なのだろうか……？）

結論には至らず、もう一度最初から本を読み返していた時、ふと、巻末に添えられた著者経歴の一文に目を惹《ひ》きつけられた。

――著者ダニエル・デフォーは、アン女王のスパイだった。

続いて、こんなことが書いてあった。

〝十七世紀末から十八世紀初めの偉大な作家ダニエル・デフォーは、英国君主体制下において、〈アン女王の名誉ある秘密の機関〉で働いていた。

彼はイングランドとスコットランド統合の陰で暗躍し、今日分かっているだけでも、アレグザンダー・ゴールドスミス、あるいはクロード・ギヨーといった複数の偽名を使って各地を旅して回った。旅の途中、デフォーは自分に直結するハノーバー派のスパイ網を整える一方、敵方の秘密スパイの正体を暴いている。

デフォーは天文学や錬金術にも通じ、それらの知識を用いてさまざまな暗号を考案した。

その一方で、彼は生涯を通じて当代一流の人気作家であり続けた。『ロビンソン・クルーソー』『モル・フランダース』『イングランドとウェールズの旅』。デフォーにとってこうした著作活動は、スパイ任務の片手間に行う〈儲《もう》かる副業〉であったのだ……〟

（さては、ロンドンで写真屋稼業に精を出せという謎掛けか？）

伊沢は苦笑しつつテーブルの上に本をほうり出し、ベッドにごろりと横になった。

結城中佐の謎の意図をあれこれ想像するのは諦《あきら》めた。

あの結城中佐が本気で隠したのなら、伊沢にわかるはずがない。

（時期が来たら、きっとわかる仕掛けになっているんだろうさ）

今はそう考えるしかなかった。

目を閉じると、途端に眠気に襲われた。

眠りに落ちてゆく寸前、ふと、頭の中に閃《ひらめ》くものがあった。

（そうか。そういうことか……）

だが、まだその先があった。

謎の答えにもう少しで手が届く……もう少し……あと少しだ……それなのに……。

——ちくしょう。

伊沢は目を瞑《つむ》ったまま、微《かす》かに顔をしかめた。

さっきから耳元で聞こえている不快な物音のせいで、折角《せっかく》の考えがまとまらない……あれは……口笛？……シューベルトの〈魔王〉のメロディーだ……夜の闇の中、わが子を抱いて馬を疾走させる父親……「魔王が来るよ……魔王が……」……おびえる男の子……坊や、あれは魔王じゃない。あれは……木の影……いや、違う。そうじゃない。あれは……影が振り返る……顔が見える……あれは……。

――結城中佐だ。

4

はっとして、目を開けた。

目の前のすべての物の輪郭が二重にも三重にもぼやけて見える。

まるでロンドンの深い霧の中にいるようだ。

何度か強く瞬《まばた》きすると、いくらか視界がはっきりした。気がつくと――。

薄い灰色の二つの目が、正面から覗き込んでいた。

「気分はどうだね？」

マークス中佐は、天候の話でもするような気楽な調子で、伊沢に尋ねた。

「そうだな……まあ、悪くはない」

とっさに、にやりと笑って答えた。実際には胸がむかむかして今にも吐きそうだった。

自分の声がどこか遠くから聞こえる。額には冷たい汗がびっしょりと浮かんでいた。

「どうやら薬の効果が切れたようだな」

マークス中佐が独り言のように呟く声が耳に入った。

（薬の……効果だと？）

朦朧《もうろう》とした頭に、不意に自分が現在置かれている状況が浮かび上がってきた。

——自白剤を打たれたんだ……。

ここまで意識のない状態で尋問されていたらしい。

マークス中佐が横を向き、東洋系の顔をした軍服姿の男に顎《あご》をしゃくって、退出するよう命じた。おそらく彼が、尋問中、通訳を務めていたのだろう。

一体どのくらいの時間、尋問されていたのか？

時間の感覚が完全に失われていた。いや、そんなことより——。

(俺は何を訊《き》かれ、何を喋ったんだ……？)

目を細め、正面を窺う。

次の瞬間、伊沢はそれに気づいて、思わず「うむ」と唸《うな》った。

部下を呼び、何ごとか小声で指示を伝えるマークス中佐の横顔には、見間違いようのない、ひどく満足げな表情が浮かんでいる——。

「水を飲むかね？」

マークス中佐は改めて伊沢に向き直って尋ねた。

言われて、恐ろしく喉《のど》が渇いていることに気づいた。

マークス中佐は部下に命じて、水差しとコップを持ってこさせた。

「この自白剤には、喉が渇くという困った副作用があってね。それがまあ、欠点と言えば欠点だ。まだまだ改良の余地があるということだな」

マークス中佐は自らコップに注いだ水を伊沢に勧めながら、陽気に話し続けた。

伊沢は受け取った水を一気に飲み干し、一息ついて、尋ねた。

「俺は……何を喋ったんだ？」

「なに、心配することはない。君がこれまで自分から話してくれた内容を念のために確認させてもらっただけだ」

マークス中佐はそう言うと、パイプに火をつけ、思いついたように付け足した。

「そう、少しばかり新しい発見もあったがね」

「新しい……発見？」

「そうだな。例えば君は、君たちが使っている暗号無電のちょっとした秘密について、我々に話すのを忘れていた。モールス信号で情報を送る場合、暗号名の他に、個人の打ち癖——信号に用いる点《ドット》と線《ダッシュ》の長さを本国で登録していて——それらは指紋と同様、一人一人違うものだからね——それが暗号のセキュリティーになっているとか……まあ、そういったことだ」

「嘘だ……まさか、そんなことまで……」

「ま、悪く思わないでくれたまえ」

マークス中佐は軽く肩をすくめてみせた。

「結局はこの方が君のためにもなったことだしね」

「俺のため……？」

「ああ、そうとも。君のためだ」

マークス中佐は陽気な調子はそのまま、急にひどく馴《な》れ馴《な》れしい口調になって続けた。

「君の意思に反していささか乱暴なやり方を用いたことはお詫《わ》びしよう。だが、おかげで我々は、君という人物を信用することが出来た。君には今後、うちで働いてもらうことになるだろう」

伊沢は目を細め、疑わしげに相手を眺めた。

マークス中佐の態度が何としても理解できなかった。いったい何が、彼をこれほどまでに陽気にさせたのだ……？

「そうだな。せっかくだ、君にも教えておいてあげよう」

マークス中佐はパイプをくわえたまま、横目でちらりと伊沢を見て言った。

「さっきまで君は、我々が質問してもいないのに、勝手に、繰り返して、こんなことを呟いていたんだ。『ちくしょう、俺はユウキに売られた』『ユウキ中佐が俺を売り飛ばしたんだ』と。ユウキに売られた男。我々が君を信用するのに、これ以上の信用状《レター・オブ・クレジット》はないのでね」

伊沢は唇をきつくかみしめ、目の前のマークス中佐の薄い灰色の眼と、右頬に傷痕のあるその顔を、激しく睨《にら》みつけた。だが――。

やがて自分から目を逸《そ》らすと、横を向いて、がっくりと項垂《うなだ》れた。

捕らえられて以来、はじめて手錠を外された。

「早速だが、君にやってもらいたいことがある」

マークス中佐は再び元の軍人然とした冷ややかな口調に戻ってそう言うと、部下に命じて、通信用のモールス信号機を持ってこさせた。

「これを使って本国に暗号文を打電するのが、君の初仕事だ」

「……日本に、暗号文を？」

伊沢は力無く顔を上げた。

「打電内容はこちらで用意した。要らぬお節介だとは思ったが、打電内容を暗号化し、モールス符号に変換するところまで、我々の手で済ませてある。つまり君は目の前のその信号機を操作して、通信文を打つだけで良い。簡単な仕事だ」

伊沢は唇をかんだ。

――そういうことか……。

偽情報を信じさせることが出来れば、敵国に多大な損害を与えることができる――。

例えば〝ある国がどこそこへの軍備を増強している〟という誤った情報が伝えられた場合、敵対する国では、その地域へ対抗的な軍配備をすることで、本当に必要な箇所への備えが手薄になる。

あるいは、ある国の陸海空軍の予算について過大な、間違った情報が伝えられることで、敵国は対抗的な予算を組まざるをえなくなり、莫大な国家予算が無駄になる。その結果、国力そのものが致命的なダメージを受けることさえありうるのだ。

またそれほど大事ではなくとも、外交交渉のテーブルに誰がつくのか、事前に誤った人物の氏名を相手国に信じさせることができれば、交渉結果はまるで違ったものになるだろう。つまり——。

偽情報を流し、相手側の情報機関を混乱させることは、潜入スパイに対する有効な対抗手段となる。それゆえスパイを送った側では、スパイから送られてくる情報の選別に神経を使う。その情報が本当にスパイ本人の手で送られたものなのかどうかを確認するのはもとより、敵に強制された状況で送られたものでないことを見極めることが必要なのだ。

各国情報機関はこの識別作業のために様々な方法を工夫している。

通信の際は必ず合い言葉を入れる。

通信時間を決める。

特殊な周波数を用いる。

暗号を使うのも、一つの手だ。

だが、これらの方法はいずれも、いつかは相手側の情報機関によって探知され、あるいはコピーされる。事実、

「打電内容を暗号化し、モールス符号に変換するところまで、我々の手で済ませてある」

マークス中佐は今、確かにそう言った。

英国諜報機関はすでに現在日本が使用している暗号を解読しているのみならず、暗号表《コードブック》まで入手しているのだ。もしD機関が偽情報を識別するために〝スパイ個人の打ち癖を登

録する〟という特殊な方式を採用していなければ、日本国内はとっくに偽情報であふれ返り、非常な混乱を来していたに違いない……。

「どうしたんだね、君？」

マークス中佐はパイプをくわえ、モールス信号機を前に躊躇《ちゅうちょ》している伊沢をからかうように声をかけた。

「何を迷っている？　通信文は我々の側で用意した。君は何も考えず、手を動かすだけで良いんだ。実に簡単な仕事だと思うがね。それともまさか君は」

とマークス中佐は意地悪く笑って言った。

「この期に及んで、まだユウキを裏切るのをためらっているんじゃないだろうね？　まあ、君の気持ちは分からなくもない。あれは実に恐ろしい男だからね。だが、これは君がさっき自分で言っていたんだよ。ユウキの方が先に君を売ったのだと。それに、忘れちゃいけない。君はさっきすでに、喋ってはいけないことをあれこれ我々に喋ってしまったんだ。いまさら帰ったところで、あのユウキが許してくれるとは思えない。――君にはもはや選択肢は残されていないんだ」

マークス中佐の言葉一つ一つに、伊沢は打ちのめされたようにゆるゆると首を振った。

しばらくの沈黙の後、伊沢は一つ大きなため息をつき、机の上に置かれたモールス信号機へゆっくりと手を伸ばした……。

「よし。これで君も、晴れて我々の仲間だ」

偽情報が一字一句間違えずに打電され終えたのを確認して、マークス中佐は満足げに頷いた。信号文に用いられた点《ドット》と線《ダッシュ》の長さには、伊沢独自の〝打ち癖〟がはっきりと刻印されている。

顔を上げ、伊沢の背後に立っている軍服姿の若い男に声をかけた。

「向こうで食事をさせてやれ」

ちらりと伊沢に目をやり、「煙草もだ」と素っ気なく付け足した。

伊沢が椅子から立ち上がると、通信文を再度確認していたマークス中佐は顔も上げずに、

――手錠を忘れるな。

と指示を出した。

「手錠、ですか？」

軍服姿の若い男は戸惑ったように訊き返した。

「今回の偽情報が確実に日本にダメージを与えたことが判明するまで、彼にはここを離れてもらうわけにはいかないのでね。……くれぐれも目を離すんじゃないぞ」

静かな物言いだったが、若い兵士はすぐさま姿勢を正し、伊沢の両手にきつく手錠をかけた。

仲間などと言いながら、これまで同様、移動する伊沢の背後に武装兵士がぴったりとついて回ることに変わりはない。体重が伊沢の二倍近くありそうな、若い大柄な男だ。

伊沢は、偽情報を打電し終えた後は、精根尽き果てたように無言であった。肩を落とし、若い兵士につきそわれながら、とぼとぼと独房へと移動する。途中の廊下で、ふと足を止め、トイレに立ち寄りたい旨を申し出た。

監視役の兵士は、無言のまま、廊下を右に進むよう顎《あご》をしゃくってみせた。言われたとおり右に進みながら、伊沢はちらりと背後を振り返って尋ねた。

「……向こうの角にもトイレがあるはずだ。あっちの方が近いんじゃないのか？」

反射的に頷きかけた男の顔に、不審げな色が浮かんだ。

「何でそんなことを知っている？」

伊沢は曖昧に首を振った。

「早く済ませろ」

監視役の若い兵士は、トイレのドアを開け、入り口で伊沢の背中を押した。トイレの壁には明かりを取るための〝はめ殺し〟の窓が一つあるだけだ。窓の外には頑丈な鉄柵《てっさく》がついている。間違っても逃げられる心配はない。

気がつくと、伊沢は小用をたしながら、ぶつぶつと独り言を呟いていた。

「……要するに作用と反作用……梃子《てこ》と遠心力の原理なんだよな……」

「何だ、貴様！　何を言っている！」

兵士の声が狭いトイレの中にこだまする。

だが、伊沢は振り返ろうともしなかった。相変わらず口の中で何ごとか低く唱《とな》えながら、洗面台の前に移動し、手を洗い始めた。突然、

――あっ。

と声を上げた。鏡を指さし、繰り返し声を上げた。

――あっ！　あっ！　あっ！

「どうした？　何があった？」

異変を感じた若い兵士が、トイレの中に足を踏み入れた。

――あっ！　あっ！　あっ！

伊沢は鏡を指さし、怯えたような奇声を発しながら、じりじりと後退《あとずさ》った。

「なんだ、鏡がどうしたんだ？」

若い兵士は腰をかがめ、伊沢の肩越しに鏡を覗きこんだ。

鏡には、伊沢の怯えた顔が映っているだけだ。

とん、と伊沢の背中が兵士の分厚い胸板に突き当たった。次の瞬間――。

鏡の中から、伊沢の姿が消えた。

と同時に、身長六フィート、体重二一〇ポンドの兵士の体が勢いよく宙を舞い、トイレの硬い床に叩きつけられた。

5

ドアの陰に身を潜め、耳を澄ませる。

——大丈夫。騒ぎにはなっていない。

伊沢は一つ、そっと息をついた。

あの若い兵士もまさか、自分の半分ほどしかない小柄な日本人に投げ飛ばされるとは思ってもいなかったのだろう。

伊沢は、監視の兵士をトイレの床に投げ飛ばした後、当て身を食らわせて気絶させた。ポケットに入っていた鍵を使って手錠を外し、気絶させた男を個室に押し込んだ。便座に座らせてきたから、しばらくは見つからないはずだ……。

——要するに作用と反作用、梃子と遠心力の原理だ。

結城中佐の声が鮮やかに甦《よみがえ》る。

結城中佐は自分の倍以上も体重のある相手を畳の上に投げ飛ばしてみせた後、さも詰まらなそうにそう解説してみせた。

D機関在籍中、伊沢たちは素手及び様々な武器を使った格闘術、さらには極限状況での生存術《サバイバル》を徹底的にたたき込まれた。訓練には専門の講師を招く場合もあったが、しばしば結城中佐が自ら指導に当たった。ことに柔術の訓練では、結城中佐は、自分より大きな相手を軽々と投げ飛ばし、あるいは懐に入って当て身一つで気絶させてみせた。

海外経験の長かった学生の一人が思わず感嘆の声をあげると、結城中佐はたちまち、あの独特の突き刺すような眼差しで振り返り、

——魔法《イッツ・マジック》だ！

——馬鹿か、貴様は。

と一喝した。その上で、

「格闘術も生存術も、徹底した合理精神上にのみ成立しうる技術体系だ。今後、魔術などと言って技術を神秘化する者は、何人《なんぴと》といえどもD機関に置いておくことはできないから、そのつもりでいろ」

と厳しく叱責《しっせき》したのである。

その一方、格闘術や生存術に必要以上に熱をあげる学生に対して結城中佐は、

「格闘術や生存術などといったものは、スパイにとっては本来無用の長物だ。そんなものに血道をあげてどうする？」

と冷ややかな口調で切って捨てた。

「敵と直接肉弾戦を交える、あるいは生存術を駆使しなければ生き残れないなどといった状況は、スパイにとっては——死ぬ、殺すに次いで——最悪の状況だ。それが最悪の状況であるからこそ、貴様たちはそのための準備を怠ってはならない。だが、それだけだ」

結城中佐は最後に決まって、暗い眼差しを据え、相手の脳裏に刻み付けるようにこう付

け足す。

――いかなるものにも、決してとらわれるな。

〝とらわれないこと〟こそが、スパイが生き延びるために最も有効な、そして唯一の手段だと言うのだ。

「既成概念にとらわれなければ、貴様たちは、いつ、いかなる場合でも、手近に武器を見いだすことができるだろう」

結城中佐が学生たちに示したものは、例えば、机の上の灰皿、料理に添えられた胡椒《こしょう》の瓶、硬貨一枚、縦に潰し持ったマッチの箱、万年筆、観葉植物として鉢に植えられた竜舌《りゅうぜつ》蘭《らん》の葉、さらには相手のネクタイといった、およそ普段の生活で目に触れるありとあらゆる品物であった。それらのありふれた品は、しかし使い方一つで、相手の攻撃能力を奪い、脱出経路を確保するための有効な武器になりうる――。

（それにしても、だ）

伊沢は、結城中佐の厳しい眼差しを思い浮かべて密かにため息をついた。なるほどD機関での柔術訓練のおかげで、監視についていた大柄なイギリス兵を投げ飛ばし、気を失わせることには成功した。だが、この建物を生きて出ていくためには、これ以上〝揉《も》め事〟を起こさない方が良いに決まっている……。

伊沢は身を潜めたドアの陰からそっと顔を出し、廊下の様子を窺った。

廊下の両側には同じような白塗りのドアが続いている。ドアの一つを開けて出て来た平服の事務員が一人、書類を読みながら背中を向けて歩いていた。彼が廊下の角を曲がって見えなくなった時が、チャンスだ……。

伊沢は頭を引っ込め、飛び出す前に、自らの行動予定をもう一度確認した。

――脱出経路を発見したのは偶然だった。

過去一週間に及ぶ取り調べの間、伊沢は取調室と独房を往復する日が続いた。その途中の廊下の両側にも、やはりここと同じような白塗りのドアが並んでいたのだが、昨日、独房に戻る途中、初めてそのドアの一つが開いていた。通り過ぎる際、ちらりと中を見ると、何人かの軍服姿の男たちが机を囲んで会議中であった。その時、伊沢は部屋の壁に一枚の地図が貼ってあるのに気づいた。どうやら、伊沢が捕らえられているこの建物の見取り図らしい……。

見えたのは、ドアの前を通り過ぎた一瞬。だが、伊沢が地図の詳細を頭に入れるには、それで充分だった。

念のため、さっき監視の兵士にそれとなくトイレの位置を尋ねて確認した。やはり間違いないようだ。とすれば――。

見取り図には、三階の廊下の突き当たりに非常階段が描かれていた。そこから建物の外に出れば、あとは物置の屋根伝いに表通りに脱出できるはずだ。

再びドアの陰から窺うと、ちょうど事務員の姿が角を曲がって見えなくなるところだった。

伊沢は大きく息を吸い、身を低くして、廊下に飛び出した。

全速力で廊下を走り、階段を上がる。

途中、二人倒した。

さすがに気づかれたらしい。背後が騒がしくなる。

だが、もう少しだ。

あの角を曲がった先、廊下の突き当たりが非常階段のドアだ——。

勢い込んで廊下の角を曲がった伊沢は、はっとして足を止めた。

そこにあるはずのドアがなかった。

廊下の突き当たりには、白く塗られた頑丈なコンクリートの壁が立ち塞《ふさ》がっている。

(馬鹿な……なぜ……)

呆然《ぼうぜん》とする脳裏に、不意に結城中佐の顔が浮かんで、消えた。次の瞬間、伊沢は殴られたように恐ろしい真実に思い当たった。

昨日あのドアが開いていたのは偶然ではなかった。

あれは、マークス中佐が伊沢に仕掛けた罠《トラップ》だったのだ。

マークス中佐は偶然を装ってあの部屋のドアを開けさせ、廊下から見えるところに建物の見取り図を掛けておいた。見取り図を見た伊沢が、それをもとに脱出計画を組み上げることを彼は予想していた。だからこそ、あの見取り図にはあるはずのない非常階段が描かれていたのだ。

入念に練ったはずの脱出計画は、マークス中佐に完全に読まれていた。いや、そもそも伊沢の計画は、マークス中佐が予め下書きした線をなぞっただけだった。伊沢はマークス中佐の手の上で踊らされていただけだったのだ。

――失敗？　まさかこの俺が、脱出に失敗したというのか？

まだ信じられず、呆然とする伊沢の耳の奥に、冷ややかな声が響く。

――目も当てられない失敗だ。

そう、もし結城中佐がこの場に居合わせたなら、表情一つ変えることなく、

――相手は英国諜報機関のスパイ・マスターだ。この程度の罠は当然予想すべきだ。

と冷たく断言したであろう……。

背後に、伊沢を追って階段を駆け上がってくる足音が聞こえる。

目の前の廊下は行き止まり。左右には逃れる術もない。

文字通りの〝袋の鼠《ねずみ》〟。

伊沢も、もはや認めざるをえなかった。

脱出計画は失敗したのだ。完全に――。

（これまで、か……）

捕まった時以来張り詰めていた緊張の糸が切れ、全身から力が抜けていく――。

その時だった。

ふと、妙なものが目に飛び込んできた。

廊下に並んだドアの一つに、色チョークで薄く妙な印が書かれている。

〈♀〉

何かが引っ掛かった。

(丸に十字？　女性……いや、これは確か……)

だが、考えている時間はなかった。

賭《か》けてみるしかない。

印のついたドアに手をかける。鍵はかかっていなかった。ドアを開け、部屋の中に滑り込む。

内側は真っ暗だ。

間一髪、ドアの前を幾つもの足音が行き過ぎた。

廊下のあちこちで、ドアを開ける気配が伝わってくる。

「いたか？」

「いや、いない。そっちはどうだ？」

声が聞こえる。

伊沢にはもはや、暗がりの中で、じっと息をひそめていることしか出来ない。

ドアの前に足音が近づく。

目の前のドアが、勢いよく引き開けられた……。

6

二時間後――。

伊沢は滑らかに走る車の助手席に目を閉じて座っていた。

運転席でハンドルを握っているのは見たこともない男だ。会った時からずっと帽子を目深に被っているので、表情はおろか、年齢さえ良くわからない。アイルランド系？　もしかするとユダヤ人かもしれない。もっとも――。

そんなことは重要な問題ではなかった。

彼がＤ機関の協力者であることは、「火を貸してもらえませんか？」「私の靴は黒い」という最初のやり取りで確認済みだった。〝意味の通らない会話〟は、言うまでもなく、偶然による事故を避けるためのものだ。

その後は、お互い無言。名前さえ尋ねない。

相手のことを知らなければ、万が一の場合も被害は最小限で済む。

それがスパイとしての礼儀だ。

男は驚くほど運転が上手かった。車の運転を職業にしている者。ジャケットの襟の形、それに、車内に微《かす》かに籠《こ》もるこの独特の匂いからすると……。

伊沢は首を振り、反射的に推理を働かせそうになる自分の意識に蓋をした。

——少なくとも、交通事故の心配はしなくて済みそうだ。

今はそこまでにして、車の心地よい振動に身を委《ゆだ》ねた。

〝助かった〟という安堵《あんど》感から、どうかすると眠り込みそうだ。その度に、眠りの淵《ふち》から懸命に意識を引っぱり上げる……。

——これじゃまるで、
と伊沢は思い出して、苦笑した。

——D機関での尋問訓練と同じじゃないか。

実際には、あの時はこんなものではなかった。

D機関での訓練中、伊沢は何度か予告もなく真夜中にたたき起こされ、独房に連れていかれた。それから何時間、場合によっては何日間も、尋問訓練が行われた。

訓練とはいえ、尋問は本格的なものであった。手加減なし。時には暴力や自白剤が用いられることさえあった。

寝不足と疲労、肉体的苦痛、さらには自白剤の影響の中、朦朧とする頭で、伊沢や同じ訓練を受ける学生たちは、しかし瞬時に相手に〝答えるべき情報〟と〝答えるべきでない情報〟を識別することを要求された。

——何も難しい技術ではない。

結城中佐は、尋問に憔悴した顔の伊沢たちに向かって言った。

「貴様たちに要求されているのは、単に意識を多層化することだけだ。相手に与えて良い情報は表層に、与えるべきでない情報は深層に蓄える。自白剤を使って尋問される場合でも、表層に蓄えた情報のみ口にするよう自分を訓練する。――簡単なことだ」

何を無茶なことを。

とは、誰一人言い出さなかった。

結城中佐自身、かつて敵に捕まって尋問を受けた際に、言葉どおりのことをやってのけた。その事実がある以上、

――自分たちにも同じことが出来なければならない。

と信じて疑うことのない、奇妙なプライドの持ち主ばかりだったのだ。

伊沢たちが一通り尋問に耐えられるようになった後で、訓練の本当の目的が初めて明かされた。つまり、

――敵地で捕らえられた場合、この技術を用いることで脱出が可能になる。

と言うのだ。

訝しげな顔をする学生たちに、結城中佐はまず、スパイを捕らえた場合の敵側の心理を次のように分析してみせた。

「敵のスパイを手に入れ、あるいは敵の暗号を解読した側は、次は必ず手に入れたスパイを使って偽情報を相手側に流したいという欲求にとらわれる。偽情報が、スパイを送り込む側の最大の泣き所である以上、この内なる欲求を退けることは、よほどのことがないかぎり困難だ」

そして、

――その時こそが、貴様たちが脱出するチャンスなのだ。

と言った……。

偽情報を打電するようマークス中佐から指示されたあの時、伊沢は用意された通信文を一字一句ミスなく打った。

しかし実際は、D機関の者が暗号を打電する場合は、必ず一定の割合で打ち間違い《ミスタイプ》を入れる取り決めになっている。一字一句ミスなく打たれた暗号電文は、その電文自体が〝敵中の事故〟――捕らえられた。救助を要請する――を意味していたのだ。無論、この情報は階層化された意識の最下層――実際には殺されるまで引き出されることのない一番奥にたたき込むことが要求された。

待ち合わせ《ランデ・ブー》の場所は予めいくつか定められており、その中から打電地点に近い場所が二、または三カ所選ばれる。〝敵中の事故〟を意味する電文が打たれた後、ちょうど二時間後に、協力者が自動車を用意して、決められた場所で待つ。協力者とは面識はないが、合い言葉でお互いを認識する。その後は、直ちに国外に脱出する手《て》筈《はず》が整えられているはずであった。

逆に言えば、捕らえられたスパイは、待ち合わせ場所までは、何としても自力でたどり着かなければならない。もし二十分以上時間に遅れた場合は、協力者は立ち去ることになっていた。その場合は脱出失敗と見なされ、救助の機会は永遠に失われる。だからこそ伊沢は、救出要請の暗号を打電後、すぐさま行動を起こし、脱出計画を決行したのだが――。

(危うく失敗するところだった……)

伊沢は助手席で深いため息をついた。思い出しても、ひやりとする。あの時――。

マークス中佐が仕掛けた罠にまんまと嵌《は》まり、文字通り袋小路に追い詰められた伊沢は、奇妙な印が書かれたドアを見つけて中に滑り込んだ。暗がりで息を殺していると、足音が近づき、目の前で勢いよくドアが引き開けられた。

息を呑《の》んだ伊沢のすぐ目の前、手を伸ばせば触れられる距離に、武装した軍服姿の男が立っていた。逆光の中、唯一の出入り口には、男が黒い影として立ち塞がっている。男の目に、廊下から流れ込む明るい光に晒された伊沢の姿が見えないはずはなかった。

ところが男は、目の前の人影など少しも目に入らない様子で、すぐに背後を振り返り、

「この部屋には誰もいない！」

と大声で叫んで、ドアを閉めて立ち去ってしまったのだ。

そのすぐ後で、ドアの外で「向こうだ！　向こうに逃げたぞ！」と同じ男の叫ぶ声が聞こえ、続いて幾つもの足音が騒々しく走っていく気配がドアごしに伝わってきた。

一呼吸置いて伊沢はドアを薄く開き、外の様子を窺った。

すでに廊下は無人であった。

ほっと安堵の息をつき、その時になって、さっきの男がドア脇の棚に何かを置いていったことに気が付いた。

建物の見取り図と合い鍵の束。

見取り図には赤く、警備の者の配置場所が記されている……。

二つの物を手に廊下に出た伊沢は、振り返ってドアの表面を確かめた。

ドアの印はきれいに拭《ぬぐ》いさられていた。

(スリーパーか……)

間違いあるまい。だとすれば――。

伊沢は今度こそ手に入れた本物の見取り図をもとに、頭の中で素早く脱出経路を検討し始めた……。


眠れるスパイ《スリーパー》。

敵国に身分を偽って潜入し、常時情報を収集、分析に当たる潜入スパイとは異なり、普段は活動を完全に休止し、ある限定された条件下で――あるいは特別の指令を受け取ることで――初めてスパイとして働く者たちを指して言う。

結城中佐は、日本でD機関を設立する傍ら、英国でスリーパーを養成していた。しかも、英国諜報機関中枢部にまで密かにスリーパーを送り込んでいたらしい。

おそらく彼は、普段は〝女王陛下の忠実な兵士〟として働き、英国諜報機関に日本のスパイが捕らえられた場合にのみスリーパーとして機能するのであろう。日本のスパイが脱出を試みる際、ちょっとした手助けをする。それがスリーパーとしての彼の役割だ。暗号名は――。

物陰に隠れて警備の者をやり過ごしながら、伊沢は英国に出発する際、結城中佐から餞別として贈られた一冊の本の存在を思い出した。

『ロビンソン・クルーソーの生涯と不思議な驚くべき冒険』

あの本の中に、こんな記述があった。

〝著者ダニエル・デフォーは……天文学や錬金術にも通じ、それらの知識を用いてさまざまな暗号を考案した〟

ドアにチョークで薄く書かれていた、あの奇妙な印。

〈♀〉

あれはやはり、スリーパーが書いたものだった。

丸に十字。しばしば女性を意味するその記号は、もともとは錬金術で〝美の女神〟を表すものだった。〝美の女神〟ビーナス。天文学で〝ビーナス〟と呼ばれる金星は、一週間の〝第六日〟を指している。

一週間の六番目の日。
フ、ラ、イ、デー。
南海の孤島でロビンソン・クルーソーの孤独を救った野蛮人の青年の名前だ。

それが、結城中佐が英国諜報機関に送り込んだスリーパーの暗号名だった。

結城中佐は、英国に旅立つ伊沢に〝フライデー〟の存在を予め教えなかった。その代わりに、あの本を――『ロビンソン・クルーソーの生涯と不思議な驚くべき冒険』を餞別として与えたのだ。

存在を知らなければ、たとえ捕まった場合でも、自白のしようがない。

スリーパーの身柄の安全を守る為には、これ以上の防衛策はあるまい。

その一方で結城中佐は、あの本を餞別として与えておけば、いざという場合は伊沢が自分で謎を解いて、スリーパーの指示――ドアの印――に従って活路を見出すであろうことまで完璧《かんぺき》に読み切っていたのだ。

(俺は結城中佐に信用されているのか? それとも信用されていないのか?)

複雑な気分だったが、おそらく結城中佐は、伊沢を信用しているのでも、信用していないのでもない。彼はただ、そのような存在として伊沢を把握しているだけなのだ。その証拠に――。

建物を脱出した伊沢は、警備の者が行き過ぎたのを確認し、見つからないよう身を低くして塀に向かって走った。

本物の見取り図によれば、塀の上に張り巡らされた鉄条網が、その一ヵ所だけ切断されているはずだ。

飛び上がって塀の上部に手をかけ、一気に体を引き上げた。

有刺鉄線が目立たぬ様に切られている。透き間に体を滑り込ませ、そのまま表通りに転がり落ちた。

すぐに立ち上がり、辺りを窺う。

大丈夫だ。誰も気づいた者はいない。

上着についた泥を払い、何げない顔で歩き出した。

待ち合わせ場所へと足を急がせながら、伊沢は五感と思考とを忙しく働かせた。

――見落としはないか？

結城中佐の仕掛けを、もう一度逆に辿《たど》ってみる。

ことの最初まで遡《さかのぼ》り、やはり苦笑するしかなかった。

伊沢は写真館で待ち伏せしていた男たちに逮捕された。あの時はてっきり、直前に会っていた情報提供者が尾行されたのだと思った。その線から自分が割り出されたのだ、と。

だが、尋問される過程で、英国の諜報機関は英国内務省に勤務する当の情報提供者の存在すら知らないことが判明した。伊沢を逮捕したのは、英国のセックス・スパイに搦め捕られたロンドン駐在の日本の若い外交官がベッドの中で伊沢の正体を喋ったからだと言う。

だが、そんなはずはないのだ。

録音テープの中で彼自身喋っていたが、D機関は陸軍内でも独立性の高い特殊な存在であり、陸軍参謀本部内でもその存在を把握している者はごくわずかしかいない。ましてや、外務省に入って何年にもならない若い外交官が、D機関から英国に派遣された潜入スパイの正体を聞かされているはずがないのだ。

――外村という新米外交官は、なぜ伊沢の正体を知っていたのか？

そう考えた時、思い当たることがあった。

英国への派遣が決まる直前――。

ロンドンで目も当てられない失敗が演じられた。

陸軍の欧州戦略に関して、ある機密事項が英国に漏れていた。

調べてみると、ロンドン駐在のある外交官が国際電話で暗号も使わず、普通に日本語で話していたことが判明したのだ。

早速、陸軍から外務省に対して厳重に次のような申し入れが行われた。

「軍の機密事項に関しては、最低限、暗号を用いられ度《た》し。また、国際電話は全て盗聴されているので、会話にはくれぐれも注意して頂き度い」

だが、外務省から戻ってきたのは、

「神国《しんこく》日本の言葉は特殊であるから、英米の連中に分かるはずがない。また、紳士の国である英国が外交官の電話を盗聴するとも思えない。当該機密が漏れたのは、自分たちのせいではない」

という木で鼻を括《くく》ったような返事であり、結局彼らは自分たちの責任を一切認めようとしなかった。

そもそも外交官はお互いの国が認め合った〝合法スパイ〟としての側面を持ち合わせて

いるはずなのだが、およそ自覚に乏しいとしか言いようがない。

その後も機密漏洩《ろうえい》が起きる度に申し入れが行われたが、事件の性質上、因果関係をはっきり特定できないこともあり、外務省は陸軍の申し入れを事実上無視し続けていた。だが、今回の一件は――。

外交官が不用意に漏らした情報によって、陸軍のスパイ一名が捕らえられ、危うく命を落としかけたのだ。

責任の所在は、これ以上ないほどはっきりしている。

今回の失敗を公にすると仄《ほの》めかせば、頑迷な外務省の役人たちもさすがに折れざるを得ないだろう。同時に、日本の暗号が英国側に解読されていることが判明した以上、技術的には完成していながら「取り扱いが面倒だ」という理由で予算を拒否されている新型暗号機が導入されるのも間違いない。

――それが本当の目的だった。

頭の固い陸軍参謀本部の連中が、自分たちでこの複雑なシナリオを書けたとは思えない。おそらく、度重なる失態に頭を抱えた陸軍参謀本部の連中が、陸軍内の〝やっかいもの〟であるD機関――すなわち結城中佐に責任を押し付けるつもりで、面倒な一件の解決を要請したのだろう。

それとも、最近の度重なる機密漏洩に危機を感じた結城中佐が、参謀本部に恩を売る形で持ちかけたのか？

いずれにせよ、結城中佐が今回伊沢に命じた任務は本来の目的の隠れ蓑《みの》だった。結城中佐は潜入スパイとして伊沢を英国に派遣する一方、英国駐在の若い外交官に伊沢の情報を密かに流した。無論、彼が英国のセックス・スパイにベッドの中で喋ることを予想してのことだ。その結果、伊沢はまんまと逮捕されることになった……。

伊沢の任務は、そもそもの最初から結城中佐が仕組んだ茶番だったのだ。

若い外交官の間抜けな録音テープを聞かされた時、伊沢はすぐにそこまで気がついた。だからこそ、自白剤を打たれて意識を失った状態で「俺はユウキに売られた」、「ユウキ中佐が俺を売り飛ばしたんだ」というあの言葉を無意識に呟いたのだ。おかげでマークス中佐の警戒心が薄れ、彼にしては不用意に〝救援無電〟を打たせてしまったわけだが――。

結城中佐は、捕らえられた伊沢が自白剤の影響下で口走るであろう無意識の言葉とその影響まで計算していたことになる。

（とんだ化け物……いや、やっぱり魔王か）

滑らかに走り続ける車の助手席で目を閉じ、懸命に眠気と闘いながら、伊沢は結城中佐の暗い眼差しを脳裏に思い浮かべた……。

ゲーテの詩では、魔王は甘言を弄《ろう》して子供の魂を奪い去った。実の父親が、いくら言葉を尽くして引き留めても駄目だったのだ。よほど甘い言葉だったに違いない。

（さて。我らが魔王様は、今度はどんな甘い言葉をもって俺の魂を奪っていこうというのかね？）

目を閉じたまま、微かに苦笑する。この後は——。

小船を雇って大陸《ヨーロッパ》に渡り、そこで結城中佐からの新たな指令を受け取ることになるだろう……。

そういえば、ロビンソン・クルーソーの冒険譚には続編があるらしい。

(今度はどこに行くことになるのか?)

気がつくと、遠く海の音が聞こえていた。

もうすぐ海岸だ。そこに大陸に渡る小船が待っている。

——それまで……ほんの少しだけだ。

伊沢は唇の端に苦笑を浮かべたまま、短い眠りに落ちた。

魔　都

1

朝の九時だというのに、部屋の中の空気は粘り着くような暑さだった。天井に取り付けられた巨大な扇風機は、熱い空気の塊をかき回しているだけだ。

憲兵帽を小脇に抱え、直立不動の姿勢をとった本間《ほんま》英司《えいじ》憲兵軍曹の真っ黒に日焼けした顔には、さっきから玉の汗がふき出していた。

上海《シャンハイ》に派遣されて三ヵ月。いまだにこの暑さには慣れない。

いや、慣れないのは、内地の夏の暑さとはまるで異質なこの土地の気候だけではなかった。脂ぎったイカモノ料理にも、ことあるごとに視界を遮ろうとする尋常でない人込みにも、彼らの鼻を打つ凄《すさ》まじい体臭にも、不気味な阿片窟《あへんくつ》にも、夜の街で袖《そで》を引く人種国籍年齢ともに不明な女たちにも、本間はいまだに少しも慣れることができないでいた。

「二年だ」

前任者は、正規の引き継ぎを終えた後で、にやにやと笑いながら本間に言った。

「体がこっちの気候や食い物に慣れ、複雑な租界《そかい》社会のしきたりを覚えて、苦力《クーリー》や車夫や、怪しげな夜の女たちと会話ができるようになるまでには、少なくとも二年はかかる。それまでは……まあ、気長にやることだな」

その時は、相手の真っ黒に日焼けした顔に目を細め、

――この非常時に、いったい何を悠長なことを言っているんだ？

と内心憤慨を覚えたものだが、どうやらあの助言は的を射たものだったらしい。

それどころか、今となっては、たとえ二年が三年でも、自分がこの地に本当に慣れることができるかどうか、正直なところ心もとない気がするくらいだ。それに比べて――。

本間は、机を隔てて座る及川政幸《おいかわまさゆき》憲兵大尉に視線を移して、いつもながら舌を巻く思いであった。

及川大尉は、本間を待たせておいて、今朝の船便で大本営陸軍部から届けられた書類に目を通している。驚いたことに、その額には汗一つ浮かんでいなかった。

軍人としてはむしろ華奢《きやしや》な方であろう、鼻筋の通った、物静かな細面の人物で、学者のような冷ややかな眼差《まなざ》しと色白の涼しげな顔を見ただけでは、彼がこの上海で長年過ごしてきたとはほとんど信じられないくらいだ。

及川大尉が、上海でも最も治安が悪いと言われる滬西《こせい》地区分隊長の任を受けて、もうすぐ五年になる。その間には、上海を舞台に日本軍と中国軍との激しい武力衝突が行われた。軍隊内の規律維持、現地の情報収集、及び駐留邦人の保護を目的とする上海憲兵隊、殊に滬西地区分隊長の仕事は多忙と緊張を極めたはずだ。及川大尉はその困難な状況の中、小人数の部下を率いて、沈着冷静、見事に任務を遂行してきた。

上海での及川大尉の働きは陸軍参謀本部内でも高く評価され、次に彼が内地に帰る時は、昇進に加えて、横沢《よこさわ》陸軍中将ご令嬢との結婚話がすでに決まっているという噂だ。

——羨《うらや》んでも仕方がない。

本間は内心そっとため息をついた。が、それも、この上海の暑さに汗一つかかないことについてだ。陸軍中将ご令嬢との結婚などという幸運は、本間には初めから手の届かない別世界の話だった。

及川大尉は書類から顔をあげると、壁にかかった時計をちらりと見て、口を開いた。

「すまない。待たせたな」

「いえ、自分は大丈夫であります」

本間は直立不動のまま口を開いた。

「それで、自分に用とは何でありましょう」

「用？」

「本日、自分は、大尉殿のご命令で出頭したのであります」

「そうだったな」

及川大尉は微《かす》かに苦笑した。

「そう緊張しなくてもいいさ。別に用というほどじゃないが——貴様が上海に赴任してそろそろ三ヵ月になる。少しは慣れたか？」

「少しは……慣れました」

「こっちの言葉はどうだ」

「鋭意勉強中であります」

「鋭意勉強中か」

本間の言い方がおかしかったと見えて及川大尉はにやりと笑い、さらに訊《き》いた。

「どの言葉を勉強している？」

「蘇州と江北、それに寧波《ニンポー》であります」

「英語はどうだ？」

「英語は一番得意であります」

そうか、と相手が満足げに頷《うなず》くのを見て、本間はほっと胸を撫《な》で下ろした。

実を言えば、本間が上海に来て最も困惑したのが言葉の問題であった。

上海語などというものは、そもそも存在しない。

上海では裕福な中国人は北京語、商人たちは寧波語、阿媽《アマ》と呼ばれるお手伝い、女中たちは蘇州語、そして車夫や苦力たちの間では江北語が使われていて、それぞれが大きく異なっている。しかも上海租界には実に世界数十カ国から人々が流れこみ、彼らが使う外国語が入り乱れているのだ。当然、商人や車夫、苦力たちの言葉には、上海で最も経済力のあるイギリス人の言葉——英語——が妙な具合に交ざり込み、事情をいっそうややこしくしていた。

上海に派遣された憲兵が最初にぶつかるのがこの言葉の問題であり、実際、本間の三カ月は語学習得のためだけに費やされたといっても過言ではない。

おかげで最近は、上海の街中を一人で歩いても、何とか不自由しないまでになった。

聞くところによると、語学が上達せず、内地に送り返される憲兵もあるらしい。

――さては、今日の呼び出しは、その判定のためだったか。

突然の早朝呼び出しの謎が解けた気でいると、及川大尉は机の上に肘《ひじ》をのせ、両手を組み合わせた。その目付きを見て、本間は緩みかけていた背筋を再びピンと伸ばした。

……どうやら、ここからが本題らしい。

「貴様に極秘でやってもらいたい任務がある」

案の定、及川大尉は低い声でそう切り出した。が、続いて発せられた言葉は本間の予想を遥《はる》かに超えるものであった。

「上海派遣憲兵隊の中に敵の内通者がいる。それが誰なのかを調べ出せ」

及川大尉は冷ややかな声でそう命じたのだ。

本間は暫《しば》し唖然《あぜん》とし、それから、ようやく我に返って尋ねた。

「なぜ自分なのでありますか？　自分は上海に来てまだ三カ月です。その自分になぜ……」

「三カ月、だからだ」

「はっ？」

「これまでの調査によると、情報漏れは少なくとも三、、、カ月以上前から起きている。つまり、三ヵ月前に上海に来た貴様は犯人ではありえないということだ」

言わんとする意味は、今度はわかった。

内通者。裏切り者。

味方の顔をした敵は、組織を内部から食い荒らす獅子身中《しししんちゅう》の虫だ。

犯人を特定できなければお互いが疑心暗鬼に囚《とら》われ、ありもしない影に、やがて組織は荒廃するだろう。といって、軍隊内部の秩序維持をはかるべき憲兵隊が外部の者に身内の調査を依頼するわけにはいかない。一方で、誰が犯人なのかわからない以上、内部の者の手で捜査を進めることもできないのだ。

まさにジレンマ。

そんな中、三ヵ月前に上海に着任したばかりの本間は、いわば〝内部にいる部外者〟というわけだ。同時期に上海に着任した者も何人かいるはずだが、本間が選ばれたのは内地での〝特高《とっこう》勤め〟の経歴を買われたからだろう。しかし――。

及川大尉は「これまでの調査によると」と言った。

誰かが調査を進めていた。それなのに、なぜ今になって自分にお鉢が回ってくるのだ？

本間の心の内を見透かしたように、及川大尉が口を開いた。

「これまで本件の極秘調査を進めていたのは、宮田伸照《みやたのぶてる》憲兵伍長《ごちょう》だ」

本間は、思わずあっと声を上げそうになった。

三日前。

宮田伸照憲兵伍長は、滬西地区を巡回中、背後から何者かの銃撃を受け、血まみれの死体で発見された。滬西地区は直ちに封鎖され、上海憲兵隊による懸命な捜索が続けられているが、犯人はいまだに見つかっていなかった。

いや、宮田伍長の事件だけではない。

最近の上海では、昼夜を問わず、日本人、及び日本に協力する中国人を標的《ターゲット》にしたテロ事件が頻発していた。連日のように親日派の中国人、日本の軍属、通訳などが白昼路上で襲撃を受け、また宮田伍長が射殺されたのと同じ日には、日本人街である虹口《ホンキュウ》地区の映画館に爆弾が仕掛けられて、多くの死傷者を出した。昨日は昨日で、滬西地区憲兵分隊員が見ている目の前で、日本企業が入ったビルに数発の迫撃砲が撃ち込まれ、ビルが崩壊するという派手な事件が起きたばかりである。

本間は今の今まで、宮田伍長射殺事件も中国人による抗日テロの一つだとばかり思っていた。しかし、もし宮田伍長が憲兵隊内部の裏切り者の調査をしていたのだとしたら、事件を全く別の側面から考える必要が出てくる。

本間は顔を上げ、ごくりと唾《つば》を飲み込んで尋ねた。

「このことを知っているのは……？」

「貴様と俺、それに本隊長の三人だけだ」

及川大尉はさりげなく言った。意味するところは――。

〝この一件は本間単独任務〟、かつ〝聞いてしまった以上は断れない〟ということだ。

「ここに宮田伍長の報告書がある」

及川大尉はもう一度ちらりと壁の時計に目をやり、机の引き出しから紙挟みを取り出した。表紙に赤く「極秘」の文字。

本間は覚悟を決め、紙挟みを受け取るべく一歩前に踏み出した。

その時だった。

ズシン、という轟音《ごうおん》と共に足元が揺れた。

本間は身を投げ出すようにして、床に伏せた。

――迫撃砲。

とっさにそんな言葉が頭に浮かんだ。ビルが崩壊する様が脳裏をよぎる。

頭を伏せ、体を硬くして二撃目に備えた。だが――。

「本間軍曹、何をしている！」

及川大尉の甲高い声が、耳に突き刺さった。

はっとして顔を上げると、及川大尉はすでに窓に向かっていた。

事務所があるのは五階だ。

及川大尉の肩越し、空にむかって開いた窓から黒煙が上がるのが見えた。

「詳しい場所を確認しろ！」

及川大尉は鋭く言い放つと、窓脇の壁にかかっていた双眼鏡の一つを取って、本間に投げてよこした。

本間は慌てて立ち上がりながら双眼鏡を受け取った。急いで及川大尉の横に並ぶ。

双眼鏡を顔に当てた。

手が震えてうまくピントが合わない。

──くそっ……。

本間は口の中で低く呻《うめ》いた。

怯《おび》えの感覚がまだ体の芯《しん》に残っている。すぐに行動に移れなかった己の怯懦《きょうだ》が恥ずかしかった。顔が赤くなっているのが自分でわかる。日焼けのせいで他人に顔色がわからないのが、今日ばかりは有り難かった。

現場は川向かいの共同租界。火事が起きているらしく、黒い煙の下にちらちらと赤い炎が見える。

「……やられた」

及川大尉が呟《つぶや》く声が耳元に聞こえた。

その声に異様なものを感じた本間は、双眼鏡を顔から外して、そっと隣を窺《うかが》い見た。

「あれは……俺の家だ」

双眼鏡を顔に当てたまま、及川大尉が青い顔で言った。

2

本間たちが現場に到着した頃には、炎や煙はすでに収まっていた。その代わり、周囲は黒山の人だかりであった。人種も服装も言語も異なる雑多な者たちが爆発現場を取り囲み、口々に、頭が痛くなるほどの大声で喋《しゃべ》っているのだ。もし、頭にターバンを巻いた黒い顔のインド人警官たちが目を光らせていなかったら、彼らは好き勝手に現場に入り込み、そこから使えそうな物を――あるいは、まったく使えそうにない物も――手当たり次第持っていってしまうに違いない。

――こいつらは、爆弾が爆発したばかりだというのに怖くはないのか？

本間はやじ馬をかき分けるようにして現場に近づきながら、我が身を振り返って、呆《あき》れる思いであった。

租界工部局に雇われたインド人警官に身分証明書を示して、現場に足を踏み入れる。

爆発現場を一望して、本間は顔をしかめた。

――酷《ひど》いな……。

爆発とその後の火災によって、及川大尉の住居はほとんど跡形もなく消えうせていた。まだ黒く燻《くすぶ》る現場の近くの路上には茣蓙《ござ》が敷かれ、幾つかの死体が並べられている。死体はいずれも爆発の衝撃で手足を吹き飛ばされ、あるいは黒く焼け焦げるなど、損傷が激しかった。

本間とともに現場に駆けつけた及川大尉は、地面に膝《ひざ》をつき、無言で死体を調べていた。近づくと、老婆と思《おぼ》しき黒焦げの死体に顎《あご》をしゃくって、

「……うちに通いで来ていた阿媽《アマ》だ」

と無念そうに言った。

「他《ほか》はどうです？」

振り返ると、頭に中折れ帽を載せた白人の中年男が唇の端にキザな角度で煙草をくわえて立っていた。

本間は逆光に目を細め、質問者が誰なのか気づいて、ちょっと意外な気がした。

ジェームズ警部。共同租界の治安維持を司《つかさど》る租界警察の事実上の指揮官だ。

各国の利権が複雑に絡み合うここ上海租界では、日本人がらみの犯罪が起きた場合でも、日本の憲兵隊には事件の捜査権はない。共同租界内の事件はすべて、租界工部局によって組織された〝租界警察〟が捜査を担当することになっている。その意味で、ジェームズ警部が事件現場に現れたこと自体は不思議ではない。だが——。

租界警察は、表向きは、地元中国人をはじめ、イギリス人、アメリカ人、インド人、ロシア人、さらには日本人なども加わった多国籍組織ということになっている。しかし、実際は、歴代の警視総監職をイギリス人が独占していることからもわかるように、あくまでイギリスの利益を代表する組織であった。

殊に支那事変勃発《ぼっぱつ》後は、上海租界でのイギリスの利益確保、さらにはイギリス世論が重慶の中国国民政府に対して同情的態度を取っていることも相俟《あいま》って、租界警察は上海で頻発する抗日テロの検挙と排除に極めて消極的だ。

先日、上海に駐留する日本海軍所属の一等水兵が共同租界路上で暗殺されるという事件が起きた際も、租界警察は初めから捜査に消極的だった。それどころか、

「事件は日本軍人同士の、痴情関係の縺《もつ》れによる私闘である」

として、事件そのものを握り潰《つぶ》そうとしたくらいだ。

抗日テロ事件の捜査ではいつも、日本側がせっついて、ようやく重い腰をあげて動き始める。

今回は、爆発が起きてからそれほど時間は経っていない。正式な捜査依頼は、まだ出されていないはずだ。なぜジェームズ警部は、こうも早々と事件現場に現れたのであろうか
……？

訝《いぶか》しげに眉《まゆ》をひそめた本間を無視して、ジェームズ警部は及川大尉に質問を繰り返した。

「他はどうです？　他に身元がわかる死体はありませんか？」

「そうだな。こう損傷が激しくては、はっきりしたことは言えないが……」

及川大尉はもう一度地面に目を落とし、死体を一つ一つ指さして言った。

「おそらくこれとこれは、よくうちの前に座り込んでいた二人組の物乞《ものご》いだろう……こっちは、多分、近所の黄包車《ワンポツォ》の車夫……いつも俺が家を出ると待ち受けていて、車に乗れ、車に乗れ、と煩《うるさ》かった……いや、名前までは知らんな……。この女は……通りの向かいで野菜を売っていたのを見かけたことがある。この子供の死体は、可哀想に、近所の子だ。よくうちの裏手で遊んでいた。後は……見当もつかんな。おそらく、たまたま近くを通り

がかって、運悪く爆発に巻き込まれた者たちじゃないか」

「なるほど、なるほど」

ジェームズ警部は及川大尉の言葉に一々頷きながら、ポケットから取り出した手帳になにごとか書き込んだ。ぱたりと手帳を閉じ、並べられた死体の前をぶらぶらと歩いていたが、やがて足を止め、死体の一つを靴の先で軽く突っついて言った。

「こいつが一番あやしいですね」

「この物乞いが？　彼が爆弾テロの犯人だったと言うのか？」

「爆弾？　いいえ、とんでもない。こいつは多分、たき火でもしていたんでしょう。そのせいで壁際に積んであったペンキ缶が爆発したんですよ」

ジェームズ警部はひょいと肩をすくめて言うと、焼け跡に転がっていた黒焦げのペンキ缶を蹴飛《けと》ばした。

——あの爆発が、ペンキ缶だと？

やり取りを聞いていた本間は、思わず脇から口を挟んだ。

「馬鹿な！　冗談じゃない。誰がどう見たって、今回の事件は大尉殿を狙った爆弾テロだ。こんなところで詰まらない冗談を言っているくらいなら、さっさと犯人を逮捕しに行ったらどうなんだ」

「やめろ、本間軍曹」

及川大尉が低く抑えた声で本間を制した。

「しかし大尉殿……」

「無駄だ。彼らには元々事件を捜査する気がないんだからな」

――捜査する気がない？　まさか……？

本間は一瞬唖然とし、が、すぐにその意味に気づいて奥歯をかみしめた。

あれだけの爆発だ。少なからぬ死者も出ている。租界警察としても、まさか今回の爆発事件をなかったことにするわけにはいかない。ならば、日本側から催促される前に最初から事件に関わり、捜査の方向性をコントロールした方が良い。

ジェームズ警部が早々と現場に顔を出したのは、そう考えてのことなのだ。

とすれば、租界警察にはもはや抗日テロを取り締まる、あるいはテロの犯人を捕まえる気はまったくない、と考えるべきであった。抗日テロから身を守るためには、自分たちで捜査をして、犯人を捕まえるしかない。しかし……。

本間は爆発現場を取り囲む無数のやじ馬たちを見回して、呆然《ぼうぜん》とする思いであった。

見知らぬ無数の顔、顔、顔……。

爆弾テロを目論《もくろ》む者たちは軍服を着て攻撃を仕掛けてくるわけではない。普段は何食わぬ顔で民衆の間に紛れ込んでいて、こちらが隙を見せると、突然銃や爆弾で襲いかかってくるのだ。

非正規軍である彼らは便衣《べんい》隊《たい》と呼ばれ、上海に住む日本人からひどく恐れられている。

爆弾犯がいったんこの人の海の中に隠れてしまえば、見つけ出すのはほとんど不可能だ。

事実、今も現場には上海憲兵隊員が次々と駆けつけ、調査に当たってはいたが、彼らの数は周囲を取り囲む群衆に比べればあまりにも少なく、頼りない。しかも、先ほどの及川大尉の話では、この数少ない味方の中に裏切り者が交じっているという……。

──我々上海憲兵隊だけで抗日テロに対抗する。そんなことが果たして可能なのか？

絶望的な思いで周囲を見回していた本間は、ふと、視線を止めた。

死体を並べた莫蓙の脇に、大柄な男が立っている。

吉野豊《よしのゆたか》憲兵上等兵。

階級は本間の方が上だが、上海に来たのは彼の方が早い。確か、もう二年近くになるはずだ。

地方出身の武骨な男で、当然ながらその顔は本間以上に真っ黒に日焼けしている。気候柄、無帽であることが多い上海憲兵隊員の中で珍しく、彼だけは内地同様、いつも憲兵帽をきちんと被っている。噂によれば、吉野上等兵が憲兵帽を手放さないのは、禿《は》げはじめている頭を気にしてのことらしい。

吉野上等兵は、この炎天下、本間が近づくのも気づかぬ様子で呆然と立ち尽くし、莫蓙の上に並べられた死体の一つを凝視していた。

「どうした、吉野上等兵？」

声をかけると、相手はぎょっとしたように顔をあげた。

日焼けした顔が、妙に青ざめて見える。

「知り合いの死体なのか？」

本間の問いかけに、吉野上等兵は慌てた様子で首を振った。

「いえ、違います。断じて、自分が知っている者ではありません」

吉野上等兵はそれだけ言うと、失礼します、と取ってつけたように敬礼し、本間が重ねて尋ねる間もなく踵《きびす》を返して立ち去った。

本間は吉野上等兵が立ち去った場所に歩を進め、彼が見ていたと思しき死体に目をやった。

爆発の衝撃で手足が妙な角度にねじ曲がり、衣服が焼け焦げているのではっきりしたことは言えないが、まず中国人の少年だろう。年齢は十五、六か、もしかするともう少し若いかもしれない……。

本間は死体を見下ろしたまま、首を傾げた。

少年の顔は、黒く煤《すす》に汚れ、ひどく焼けただれている。たとえ知り合いだとしても、この死体が誰なのかひと目でわかるとは思えない。

――いや、待てよ。

本間は地面に片膝をつき、死体に指を触れた。やはり、そうだ。最初は煤で汚れているだけだと思ったが、死体の胸の辺りに蝶《ちょう》が羽を広げたような形の痣《あざ》がある。吉野上等兵は、この特徴的な痣を見て、この死体が誰なのかわかったのだろう。だが――。

単なる偶然か？　それとも、この少年が今回の爆弾テロと何か関係があるのだろうか？

立ち去った吉野上等兵を呼び返すべきか否《いな》か躊躇《ちゅうちょ》していると、逆に、背後から声をかけられた。

「本間軍曹！」

振り返ると、野太いだみ声の主は涌井光毅《わくいこうき》上海憲兵本隊長であった。背後に、及川大尉の姿も見える。

踵《かかと》を打ち合わせて敬礼した本間に、涌井本隊長はぎろりとした目をむけた。

「本間軍曹。爆発が起きた時、及川分隊長と一緒にいたそうだな？」

「はっ、そうであります」

「なら、わかっているだろう。本件は、わが上海憲兵隊に対する明らかな挑戦だ。及川分隊長を補佐して本件の捜査にあたれ。まずは爆弾の出所を突き止めるんだ」

「はっ。では、自分はこれより、本件で使用された爆弾の出所を突き止めるべく、全力で捜査に当たります」

「うむ。よろしく頼むぞ」

涌井本隊長は重々しく頷くと、及川大尉を従えて、現場を立ち去った。

前を通り過ぎる刹那《せつな》、及川大尉がちらりと本間に目をむけ、気の毒そうな顔をした。

本隊長の背中が見えなくなるまで見送った本間は、ようやく敬礼姿勢を解き、やれやれとため息をついた。

——爆弾の出所を突き止めろ、だと。

上海に来て三ヵ月。

その間に学んだことが一つある。

ここでは、金さえ出せば爆弾など闇でいくらでも手に入るということだ。売る方も買う方も、それが何に使われるかなど、少しも気にしてはいない。この土地で、爆弾の出所を突き止めることは、浜辺で拾ったボタンの落とし主を探し出すようなものだ。

——いや、爆弾だけの話ではない。

金さえ出せば、ここでは手に入らないものなど何もない。

そして、この上海で一番安いのが人の命であった。

3

翌日、本間は意外な人物の訪問を受けた。

上海日日新聞
記者　塩塚朔《しおづかはじめ》

小使いが持ってきた名刺を見て、本間は最初首を捻《ひね》った。

外地の新聞記者に、知り合いなどいないはずだ。名刺の裏には、

――その節《せつ》は色々とお世話になりました。

と鉛筆で走り書きがしてある。

どうせはったりだろう。そう思い、そのまま追い返させようとした。が、思い返して、一応会うだけ会ってみることにした。

小使いに案内されて上海憲兵隊事務所に入って来たのは、ひょろりと手足の長い、長髪の、にやけた優男《やさおとこ》であった。男は事務所の入り口で落ち着かなげにきょろきょろと左右を見回し、本間を見つけるとホッとした顔になって近づいてきた。

「どうもご無沙汰《ぶさた》しております。昨日、共同租界で偶然お見かけしたものですから……」

と卑屈な笑みを浮かべ、ぺこりと頭を下げた若い男の顔を見て、本間は相手が誰なのかようやく思い出した。

上海に赴任する以前、本間は一時期、内地で特高《とっこう》の刑事をしていたことがある。

特別高等警察。通称〝特高〟は、国内の反体制活動を取り締まるために警察内に設けられた一種の思想警察だ。

標的《ターゲット》は、主として左翼活動家。いわゆる〝アカい連中〟である。特高在籍中、本間は数多くの思想犯を検挙したが、塩塚朔もその中の一人であった。

当時、塩塚は東京帝国大学の学生で、左翼シンパの一人と目されていた。

直接の逮捕のきっかけは、禁止された左翼雑誌を密《ひそ》かに回し読んでいた、というありふれたものだ。

その時逮捕した左翼学生の中には、本間が内心舌を巻くほど頑固な者もいたが、塩塚は逮捕されるとたちまち真っ青になって震えあがり、あとはあっけないほど簡単に転向《てんこう》した。〝今後は一切左翼思想と関わりません〟。念書を入れて釈放されたのは、確か逮捕後、わずか二日目のことだったはずだ。塩塚にとって左翼思想は、流行の服装と同じで、肉体的、精神的な苦痛と引き換えにするほど大層なものではなかったのだろう。

当時、塩塚の取り調べを担当したのが本間だった。

本間の側ではあまりにもあっけなさすぎて忘れていたのだが、こうして挨拶《あいさつ》に現れたところをみると、塩塚にとってはそうでもなかったらしい。

応接用の小部屋に通された塩塚は、出された日本茶を前にひどく恐縮した様子であった。

「上海にはいつ来られたのです？　いらっしゃったのなら、一声かけて下されば僕が案内しましたのに……」

上目遣いにそう言う相手に、本間は苦笑しながら尋ねた。

「君こそ、上海にはいつからなんだ？　上海日日新聞の記者？　あれからは心を入れ替えて、真面目に働いているんだろうな？　まさか、こっちでまた変な思想にかぶれたんじゃ……」

「とんでもない！　真面目も真面目、これ以上ないくらい大真面目ですよ」

塩塚は慌てた様子で両手を振った。

「嘘だと思うなら、これが僕がこっちで書いた記事です。読んでみて下さい。日本軍に不利になるようなことは、ただの一言だって書いちゃいませんから」

本間は、塩塚が差し出した新聞にちらりと目を落とし、すぐに顔を上げて尋ねた。

「それで、今日は何の用だ？　まさか、本当に久闊《きゅうかつ》を叙しに来ただけじゃあるまい」

「やあ、ばれてましたか」

塩塚はあっさり首をすくめ、わざとらしく頭を掻《か》いた。

「実は、昨日の事件について、少々お伺いできないかと思いまして……。あの爆弾テロは、及川分隊長殿を狙ったものですよね？」

早速手帳とペンを取り出したところをみると、真面目に働いているというのも、あながち嘘ではないらしい。

本間は一瞬思案を巡らせ、塩塚にここまでの捜査状況を話してやることにした。

「事件に関わったと見られる数人の中国人容疑者は、すでに逮捕してある。現在取り調べ中だ。場合によっては、少々手荒い取り調べになるかもしれない。いずれ自白するだろう。犯行を自白すれば、無論、近日中に処刑することになる」

「なるほど。『容疑者はすでに逮捕』、『現在取り調べ中』。それで、『近日中に処刑される』と……」

メモを取りながら呟いた塩塚は、ひょいと顔を上げ、

「爆弾の出所は？」

「鋭意捜査中だ」

「鋭意捜査中、と……」

手帳を閉じた。

「わかりました。記事はこの線で書けばいいんですね？」

――こいつ……。

本間はニヤリと笑った。

実を言えば、捜査は少しも進んではいなかった。爆弾の出所はおろか、犯人が誰なのか皆目見当もついていない。だが、そんなことを新聞記事にするわけにはいかないのだ。新聞報道では、抗日テロの実行犯は、必ず、ただちに逮捕され、処刑される。そうでなければ、上海にいる日本人が安心して暮らしていくことはできない。たとえそれが嘘の報道だとしても、上海での邦人の暮らしを守るためには、報道機関に協力してもらうしかなかった。

「今日はどうも有り難うございました。今後ともご協力、よろしくお願いします」

礼を言って立ち上がった塩塚は、応接室を出ていく寸前、何か思い出したように額に手を当て、本間を振り返った。

「そうだ。色々とお世話になったお礼、と言ってはなんですが、本間さんに一つ情報を提供しましょう」

「情報……。なんだ？」

「これはたぶん、本隊長殿でもご存じないんじゃないかなア」

塩塚はそう言うと、再びもとのソファーに座り込み、本間に顔を寄せた。

「実は昨日、爆発があったあの事件現場を取材中に、偶然、意外な人物を見かけましてね……」

と塩塚が声をひそめ、秘密めかして語ったのは、しかし、何とも雲をつかむような話であった。

昨日、塩塚は爆発現場を取材中、やじ馬の間に見覚えのある顔を見つけた。

誰なのか、すぐに思い出した。

草薙行仁《くさなぎゆきひと》。

帝大時代の同級生だ。

地元中国人の服装をしてはいたが、かつての同級生を見まちがえるはずもない。塩塚は懐《なつ》かしく思い、声を掛けようと思って近づいた。ところが草薙は、塩塚の姿に気づくと、くるりと背を向け、そのまま人込みの中に消えてしまった。

やじ馬にもみくちゃにされながら、塩塚はしばらく友人の姿を捜して回ったが、結局無駄であった。

——なぜ草薙は、かつての同級生の自分の姿を見て、こそこそ逃げ出したのだろう？

首を捻った塩塚は、その時になって、彼に関するある噂を思い出した。

先日内地に帰った時のことだ。塩塚は帝大時代の別の同級生に飲みに誘われた。

陸軍省主計課に勤めるその友人は、普段はいたって無口な男なのだが、酒がまわると饒《じょう》舌《ぜつ》になる癖がある。久しぶりの再会に昔話で盛りあがり、だいぶ酒がまわったあとで、彼はふとこんなことを言い出した。曰《いわ》く、最近陸軍内に奇妙な秘密組織が現れた。その組織が要求する莫大《ばくだい》な予算はすべて無条件に支出され、しかも何に使ったのか後で一切報告が上がってこない。そのたびに、主計課がつじつま合わせに奔走しなければならない。あんな馬鹿な金の使い方があるものか……。

酔いがまわった口調で愚痴をこぼした友人は、首を振り、顔を上げて、とろんとした目付きで塩塚を見た。彼の名前が出たのは、その時だった。

——その陸軍の秘密組織に、草薙行仁がいるらしい。

陸軍省主計課勤めの友人は、うっかり口を滑らせたように、そう言ったのだ。

草薙行仁は、塩塚にとって帝大時代から良くも悪くも無視できない存在だった。何より彼は素晴らしく頭が切れた。その一方で、彼は身の回りに友人を一切寄せ付けず、いつも自ら好んで一人でいるせいもあって、何かと謎の多い男だった。色白の、冷ややかな、能面のような顔。彼が一人で構内を歩いていると、その周囲の温度が一、二度低くなったような気がしたものだ。

草薙がどんな家庭に育ったのか知る者は誰もなかった。「奴は、さるやんごとなきお方が外で芸者に生ませた私生児だ」としたり顔で嘯《うそぶ》く者もあったが、真偽のほどは定かではない。

抜群の成績で帝大を卒業した後、外国の大学に留学したという噂を聞いていたが……。

——あの草薙行仁が、陸軍の秘密組織の一員？

塩塚は最初、笑って相手にしなかった。友人を一切身の回りに寄せ付けなかったあの草薙が、よりにもよって縦横の緊密な関係性を要求される陸軍に自ら身を投じたとは、どうしても信じられなかったのだ。

そう言うと、陸軍省主計課勤めの友人は、そうじゃないんだ、と再び小さく首を振り、もう一度左右を見回した。続いて秘密を打ち明けるように囁《ささや》かれた言葉を聞いて、塩塚は今度ははたと膝を打った。それならば納得できる。

酔った友人は、低く押し殺した声でこう言ったのだ。

——草薙がいるのはスパイ養成機関なんだ。

「つまり、こういうことだな」

一通り話を聞き終えた後で、本間はいささかうんざりしながら口を開いた。

「君の大学時代の友人、草薙某《なにがし》が今、陸軍の間諜《スパイ》としてこの上海に潜入している。……それで間違いないか？」

「さすが本間さんだ、話が早いや。どうです、ちょっとした耳寄り情報でしょう？」

「だが、その情報にはいくつか問題点があるな」

「問題点、ですか？」

「最近、陸軍内にスパイ養成機関がつくられたという話など、聞いたこともない」

「それはそうですよ。何しろ極秘の組織なんですから」

「本当に極秘なら、陸軍省主計課に勤める君の友人が君に話すのは変だろう」

「僕と彼とは帝大時代の同級生ですからね。他には話せないことでも僕には話せる。……そういうことじゃないですか？」

にやにやと笑いながらそう言う塩塚ののっぺりした顔を見て、本間は軽く顔をしかめた。

インテリどもの妙な連帯感には、これまで何度も泣かされてきた。東京帝国大学卒業。連中の間でその言葉は、どんな扉も開ける魔法の呪文《じゅもん》として機能するのだ。その意味では、塩塚の言う通りなのかもしれない。しかし――。

「上海での諜報《ちょうほう》活動は、われわれ上海派遣憲兵隊が一手にその任務を担っている。たとえ、陸軍に極秘のスパイ養成機関がつくられ、すでにスパイを輩出しているのだとしても、彼らが上海で活動することはありえない」

本間が胸を張るようにしてそう言うと、塩塚は一瞬ぽかんとしたような顔になった。

「……本気で言っているんですか？」

頷いて見せると、塩塚は二、三度目を瞬かせ、それから、やれやれとため息をついた。

「いいですか、本間さん。スパイという奴は、本来、極秘に活動するものなんです。上海派遣憲兵隊は、建物に事務所の看板を掲げて堂々と活動しているじゃないですか。とてもスパイなんて言える代物じゃありませんよ」

「それはそうだが……」

「もちろん、上海憲兵隊の方たちが、時々私服で街中に出て行って、現地の奴らから様々な情報を集めていることは知っています。しかし、それは僕たちでさえ知っていることなんです。なるほど、本間さんは英語も、中国語もお上手なのでしょう。会話には不自由しないかもしれない。けれどそれだって、こっちの者にすれば、やはり外国人が話す言葉としか聞こえません。さらに言えば、中国服の着こなし方や崩し方を見れば、こっちの人間でないことは一目瞭然《りょうぜん》です。上海に長くいる憲兵隊員の中には、地元中国人になりきったつもりで一人で街を歩いている方もいますが、あれなんか傍で見ていて危なくて仕方がない。ご本人が気づいていないだけで、例えば、顔の洗い方一つですっかりばれているんですからね」

「顔の、洗い方……？」

「ほら、日本人はこうして顔を洗うでしょう？」

塩塚は両手を揃えて、顔の前で上下に動かしてみせた。

「こっちの人間はこうやるんですよ」

今度は、揃えた両手の前で顔を上下に動かした。

本間は軽く眉をひそめ、肩をすくめて言った。

「わかった。以後気をつける」

「その方が良いですね」

「しかし、君の友人がいる秘密組織が陸軍内に本当に存在するとして……」

「D機関」

「えっ？」

「その秘密組織は、陸軍内部でD機関と呼ばれているそうです」

「なるほど」

頷いた本間は、いつの間にかすっかり相手のペースになっていることに気づいて苦笑した。やや語調を改め、塩塚に質問した。

「それで、D機関とやらは、この上海でいったい何をおっぱじめようというんだ？」

4

塩塚が立ち去った後も、本間は一人、応接室に残った。

目の前のテーブルに一枚の写真が載っている。

写真は、塩塚が去り際になって思い出したように鞄《かばん》から取り出し、置いていったものだ。

「帝大時代に撮った集合写真なんですが……ここに草薙が写っています。この写真は、ご参考までに置いていきますので……」

そう言いながら塩塚が指し示したのは、写真の右手奥、学生服姿の若い男だった。

顔立ちは、ごく端整と言ってよいだろう。〝色白の、冷ややかな、能面のような顔〟。さっき塩塚はそう言った。

間違ってはいない。だが、本間が写真から受けた草薙行仁という男の印象はもっと異様なものであった。

草薙は、正面から撮られていながら、どこか斜《はす》を向いたような印象を受ける。集合写真でありながら、彼はまるで一人で写っているように見えるのだ。

本間はふと、特高時代にも、何人かの容疑者から同じような印象を受けたことがあるのを思い出した。

アカい連中ではない。

特高時代、本間が逮捕した多くのアカい連中は、程度の差こそあれ、必ず、その目に情熱のようなものを窺うことができた。だが、草薙行仁の切れ長の目は虚無以外の何ものも映してはいない。これは……。

自分以外、何ものも信じていない男の顔だ。

本間は苦々しい思いで認めた。

とすれば、やっかいだった。この手の連中は、

――自分にはこの程度はできるはずだ。

あるいは、

――自分にはこの程度は当然できなくてはならない。

という命題を自分に証明するためだけに、文字通りどんなことでも顔色一つ変えずやってのける。塩塚の話によれば、陸軍内に極秘に設けられたスパイ養成機関には、その手の

連中ばかりが集められているという……。

本間は腕を組み、さっき塩塚から聞いた話を頭の中で反芻《はんすう》した。

「D機関の連中は、どうやら二十五億元にのぼる精巧な偽造紙幣を上海に持ち込み、これを中国全土に流通させようとしているようなのです」

本間の質問に答えて、塩塚は芝居がかった様子で左右を見回し、顔を寄せ、押し殺した声でそう言ったのだ。

——二十五億元？

聞いた瞬間、本間は開いた口がふさがらなかった。

支那事変勃発《ぼっぱつ》当時の中国側の軍事費約三年分に相当する莫大な金額だ。もし本当にそれだけの贋札が持ち込まれて中国全土に溢《あふ》れれば、この国はたちまちひどいインフレに見舞われ、経済的に崩壊するだろう。

それだけではない。

二十五億元もの莫大な贋札が巷《ちまた》に流通すれば、中国貨幣は対外的な信用を決定的に失う。結果、彼らは武器や資材を諸外国から購入できず、戦争の遂行は事実上不可能になる。だが——。

〝戦わずして敵を降伏させる〟と言えば聞こえはいいが、こんな姑息《こそく》な作戦が公になれば、軍部の強硬派、のみならず国内世論からも「卑怯《ひきょう》」の声があがるのは避けられまい。

しかも、その贋幣《がんぺい》作戦を遂行するために、D機関の連中は青幇《チンパン》と手を結んだのだという。

青幇《チンパン》。あるいは清幇とも書き、国家権力とは無関係に中国国内で組織された民間の秘密結社だ。規模は違うが、日本で言うところのヤクザに近い。中国には古来こうした民間の秘密結社が数多く存在した。中でも揚子江沿岸および上海を拠点とする青幇は、中国史上最大最強の民間秘密結社と言われ、現在、中国全土の裏経済を一手に取り仕切っている。

彼らの主な収入源が、阿片《アヘン》であった。

かつてイギリスが中国との片貿易を是正するため、強引にこの国に持ち込んだ阿片の害毒は今では中国全土に広がり、殊に上海には数多くの阿片中毒者が溢れている。

食事を摂《と》ることも忘れ、痩《や》せさらばえ、人としての誇りもなく、ひたすら阿片に惑溺《わくでき》する者たち。本間は、阿片窟《くつ》にたむろする阿片中毒者の姿を目にするたびに、いつもぞっとするような嫌悪感を覚える。その阿片を民衆に売りさばき、莫大な利益を挙げているのが、青幇なのだ。

——そんな奴らと手を結んで、贋札をばらまくことにどんな意味がある？

本間は火で炙《あぶ》られるような苛立《いらだ》ちを覚えた。

この戦争も、元はと言えば、欧州列強の圧政に苦しむアジアの民衆を解放するためのものだったはずだ。それなのに、いつからこんなことになってしまったのか……。

——D機関だと？

本間は再びテーブルの上の写真に目を落とし、口の中で呟いた。

写真の中の草薙行仁は、あたかも世の中の全てを見下し、嘲笑《あざわら》っているように見える。

陸軍のお偉いさんは、こんな奴らを集めて何をしようというのだ？
写真を睨《にら》みつける本間の頭に、連想的に、いくつかの単語が浮かんだ。
悪霊《デーモン》。
悪魔《デヴィル》。
危険《デインジャラス》。
あるいは、暗闇《ダークネス》。
いずれも頭文字《イニシャル》はＤだ。Ｄ機関とは、まさか……。
本間は、我に返って、苦笑した。
——馬鹿馬鹿しい。俺はいったい何を考えている？
気がつくと、いつのまにか手元が暗くなっていた。
本間は首を振り、一つ大きなため息をついて、ソファーから立ち上がった。

5

夜の上海は、昼間とは別の貌《かお》を持つ。
南国の眩《まぶ》しい陽光が西の空から姿を消すと同時に、街には五色のネオンが煌々《こうこう》ときらめき、明るく大路を照らしだす。街を行く人々は、すがりつく物乞いの手を無造作に振りはらいながら、隣の者と大声で会話を交わし、笑い声をあげる。どこからともなく妖《あや》しい写真や土産物を立ち売りする得体のしれない売人が通行人にすり寄ってきて、耳元で何事かを囁く。彼らが実際に何を売っているのかは、誰にもわからない。賑《にぎ》わいは昼間を凌《しの》ぐ。

角々には美しい刺繍《ししゅう》で彩られた中国服で柳腰をぴったりと包んだ女たちが佇《たたず》み、道行く者に意味ありげな視線を投げかけている……。

共同租界を東西に横断する南京路に足を進めながら、本間はいつものことながら、この街の、ある種無神経ともいえる生命力に舌を巻く思いであった。この賑わいの中に身を置いているかぎり、今この瞬間にも中国全土で戦争が行われ、あるいは連日上海《このまち》を舞台に血なまぐさいテロ事件が起きていることなど、まるで嘘のように思える。

人の流れを押しのけるようにして歩いていた本間は、不意に脇道から出てきた人影とぶつかりそうになった。

「対勿起《ディヴァツチィ》」

危ういところで身をかわし、すれ違った後で、本間はハッとして足を止めた。

——今の男は……？

中国服を身にまとい、いくらか変装もしているようだが、特高時代に培った本間の目は、男が写真に写っていた若者、草薙行仁に間違いないと告げていた。

本間はとっさに踵《きびす》を返し、後を追いはじめた。

人込みの中での尾行は、見失う危険性にさえ気をつければ、距離が近くとも相手に気配を気づかれにくい分、むしろ容易である。

本間は数歩の距離を置いて尾行を続けた。草薙は、尾行の気配にはまるで気づいていない様子である。

草薙はほとんどわき目もふらず、人込みを押しのけて歩いていく。

南京路をしばらく行ったところで、建物の間の細い道に入った。

本間は足を止め、ゆっくり三つ数えてから、同じ道に飛び込んだ。

石畳の路地。ここまではネオンの光も届かない。暗がりに目を凝らすと、襤褸《ぼろ》をまとった者たちの黒い影が浮かび上がる。前を行く黒い影が草薙の背中だろう。

路地を進むにつれ、むっとする阿片の臭いと、食べ物のすえた臭気が鼻を打った。暗がりからいきなり抱きついてきたのは、野雉《イエチ》といわれる最下級の売春婦だ。女の体を押しのけて、先に進む。背後から下卑た罵《のの》り言葉が飛んできたが、小銭を投げてやるとたちまちおさまった。振り返ると、小銭を拾う女の脇で、すっかり歯の抜けた化け物のような老婆が声も立てずに笑っているのが、ぼんやりと見えた。

暗い路地を抜け、再びネオンが輝く大路に出た。

左右を見回し、人込みの中に草薙の背中を見つけた。相変わらず、周囲に目をやることもなく、速足に歩いている。

草薙はそのまま、ひときわネオンを輝かせている建物に入っていった。本間は、毒々しいネオンサインを見上げて一瞬躊躇した。

——ダンスホールか……。

顔をしかめ、だが、思い切って後に続いた。

狂ったような高いトランペットの音と、フロアに叩《たた》きつけられる軽快なリズム。国籍不明のジャズ・バンドが奏でる騒々しい音楽に乗って、大勢の客たちが薄暗いダンスフロアに蠢《うごめ》いている。彼らはそれぞれお気に入りの美女を腕に抱え、体を押し付けるようにして踊っているのだ。

イギリス人、イタリア人、ロシア人、日本人、中には中国人らしき客の姿も見える。上海のダンスホールでは、客も従業員も国籍は不問。敵も味方も関係ない。ここではただ金をもっているか否かだけが問題だった。扉を開けて中に入ると、目の覚めるような美しい娘たちが五、六十人も、ずらりと並んで出迎えてくれる。その豪華絢爛《けんらん》さに、上海に来た当初は、ひどく驚かされたものだ。

しきりにダンス相手を周旋しようとする店の者の言葉を遮り、本間はフロアを見渡せる隅の席に案内させた。

見回すと、草薙はフロア近くの席で、一人で酒を飲んでいた。

女とダンスをするわけでもなく、かといって、誰かを待っている風でもない。

——ここはひとつ様子を見るしかあるまい。

本間は腹を括《くく》り、ボーイを呼んで酒を注文した。

酔うわけにはいかないので、注文したウィスキーをちびちびと嘗《な》めるように飲んでいると、しばらくして草薙が立ち上がった。

動きを目で追う。

草薙の姿は、フロアの一番奥にある目立たない扉のむこうに消えた。

急いで席を立ち、草薙の後を追うべく彼が消えた扉に近づく。突然、目の前に黒服を着た店のボーイが立ち塞《ふさ》がった。

細身ながら屈強な体つきの店のボーイは、顔に笑みこそ浮かべているが、ノー、ノー、と言いながら、両手を前に突き出して、断固として扉に近づけようとしない。

――ただでは通さない。そういうわけか……。

本間は微かに顔をしかめた。上海では金で買えないものは何もない。だが、いくら出せばこの扉が開くのかは、見当もつかなかった。

いささか心もとなく感じながら、財布を取り出そうとポケットに手をいれた。その指先に、冷たく触れるものがあった。

取り出すと、一枚のコインだ。

本間は首を傾げた。

こんなものを、いつポケットに入れたのか、全く記憶にない……。

気がつくと、ボーイが食い入るようにコインを見つめていた。本間は、思いついて、指先につまんだコインをボーイに差し出した。

黒服のボーイは、受け取ったコインの裏表を慎重に調べた。顔を上げると、立ち塞がっていた体を横にずらし、本間のために扉を開けてくれた。

本間が中に入ると、背後ですぐに扉が閉じられた。

迷路のように分厚く垂れ込めたカーテンをかき分けて進む。と、急に広い部屋に出た。部屋の中はむせ返るような紫煙が立ち込め、視界が白く霞《かす》んでいる。

すぐ近くのテーブルからルーレットの回転音が聞こえ、一瞬間を置いて、どっと歓声がわき上がった。張り詰めた空気が緩み、チップが移動する乾いた音が続く。

――こいつは……。

本間は自分がどこに入り込んだのかを理解した。

会員制の極秘の賭博《とばく》場。おそらく今行われた一回のルーレット勝負にも、人一人の人生を狂わせる、そら恐ろしいほどの金額が賭《か》けられていたに違いない。

ふいに、鼻先にグラスが差し出された。

はっとして目をやると、唇を赤く塗った美しい少女がすぐ目の前に立っていた。

「謝々《シエシエ》……」

グラスを受け取ると、相手はにこりと笑って立ち去った。

ぴったりした中国服《チャイナドレス》に包まれた少女の腰は、後ろから見るとひどくほっそりとしていて、驚くほど中性的な印象を受ける。まるで……。

いや、少女ではない。赤く塗った唇のせいで勘違いしたが、今のは少年だ。どうやらこの賭場では、目鼻立ちの整った美少年が、唇を赤く塗り、女物のドレスを着て給仕をしているらしい——。

本間は少年の後ろ姿をじっと見つめ、だが、すぐに小さく舌打ちをして首を振った。妙なことに気を取られている場合ではなかった。

受け取ったグラスで顔を隠すようにしながら、できるだけ目立たないよう壁際に沿って移動する。目で、草薙の姿を捜した。

いない。こっちのテーブルにも。

どこに行った？

部屋の中をぐるりと見回した本間の視界に、予期せぬ人物の姿が飛び込んできた。

両脇に目の覚めるような異国の美女を抱え、賭博に興じる一人の男。グラスの酒を無造作にあおり、甲高い笑い声をあげた男の横顔は——。

本間は信じられない思いで、大きく目を見開いた。

6

朝の九時だというのに、部屋の中は粘り着くような暑さだった。天井に取り付けられた巨大な扇風機は、熱い空気の塊をかき回しているだけだ。

憲兵帽を小脇に抱え、直立不動の姿勢をとった本間の真っ黒に日焼けした顔には、さっきから玉の汗がふき出している。

本間は、机を隔てて座る及川憲兵大尉に視線を移して、いつもながら舌を巻く思いであった。

及川大尉は、本間を待たせておいて、今朝の船便で大本営陸軍部から届けられた書類に目を通している。驚いたことに、その額には汗一つ浮かんでいなかった。

及川大尉は書類から目をあげると、壁にかかった時計をちらりと見て言った。

「すまない。待たせたな」

「いえ、自分は大丈夫であります」

本間は直立不動のまま言った。

「それで、俺に用とは何だ？」

及川大尉は、机の上に両肘をつき、指を組み合わせて、本間に尋ねた。

「事件の真相について、何か俺に極秘で報告したいことがあるという話だったな」

「はっ。そのことでありますが……」

本間は、この期《ご》に及んで、かすかに躊躇した。

こうして明るい朝の光の中で考えると、自分の思いつきが、あまりにも荒唐無稽《むけい》な、馬鹿げたものに思えたのだ。

本間は覚悟を決め、及川大尉の、鼻筋の通った、色白の涼しげな顔をまっすぐに見据えて、口を開いた。

「今回の一件はすべて、及川大尉殿、貴方が仕組んだ自作自演であります」

及川大尉は、表情一つ変えなかった。相変わらず、物静かな、学者のような冷ややかな眼差しで、本間を見つめている。

本間は居心地の悪さを感じながらも、自分の尻《しり》を蹴飛ばすようにして、後の言葉を続けた。

「あの爆発騒ぎは、貴方がご自分で、ご自分の家に爆弾を仕掛けたものでした。貴方はご自分の罪を隠蔽《いんぺい》する目的で、最近上海で頻発する抗日爆弾テロを装って、自宅を吹き飛ばしたのです。そして、そのために……」

「罪、だと？」

及川大尉がかすかに眉をひそめ、口の中で呟いた。

「それは……」

「まあ、いい。先を続けろ」

「はっ。そして、そのために、多くの罪もない者たちが巻き添えを食って死んだのであります」

本間がその言葉を口にした瞬間、及川大尉は突然唇を歪《ゆが》め、奇妙な笑みを浮かべた。

「まさか貴様は、いつもうちの前に座り込んでいた、あの二人組の物乞いのことを言っているんじゃあるまいな？　それとも、俺に車に乗れ、乗れとうるさかったあの黄包車の車夫？　さては、うちに通いで来ていた阿媽《ばあさん》のことか？　だったら、間違いだ。あの阿媽はうちに来るたびに、俺から細々《こまごま》とした物を盗んでいたんだからな。上海《このまち》の、いったいどこに罪のない者がいる？　連中が死んだところで、気にする者など誰もいないさ」

「では、お認めになるんですね。ご自宅に爆弾を仕掛けられたことは？」

一瞬、間があった。

「……だったらどうした？」

そう言って、及川大尉は椅子の背にだらしなくもたれ掛かった。さっきまでの物静かな、冷ややかだった表情がひび割れ、その透き間から見知らぬ別の男の貌《かお》が覗《のぞ》いている。ニヤと笑うその貌には、悪びれた様子は少しもうかがえなかった……。

切り出しながら、この瞬間まで半信半疑だった本間はようやく、あの日、自分が目にしたものが夢ではなかったことを確信した。

あの日——。

草薙行仁を追って会員制の極秘賭博場に足を踏み入れた本間は、そこで信じられないものを見た。両脇に目の覚めるような異国の美女を抱え、色白の顔を朱色に上気させて賭博に興じる及川大尉の姿だ。

近くにいたイギリス人らしき男にそれとなく尋ねると、及川大尉はこの賭場の常連だという。

だが、そんな馬鹿なことがあるはずがなかった。

会員制の極秘賭博場では、一回の勝負に、人一人の人生を狂わせて余りあるほどの莫大な金額が賭けられる。いくら機密費からの支給があるとはいえ、日本の憲兵大尉ごときが常連客として通える場所ではないのだ。

本間の耳元で、不意に爆発するような歓声がわき上がった。どうやらルーレットで大当たりが出たらしい……。

脳裏に、奇妙な疑問が浮かんだ。

及川大尉の自宅を狙った爆弾テロが起きたあの時——。

爆発の瞬間、本間はとっさに床に伏せ、及川大尉に声をかけられるまで動けなかった。

本間は己の怯懦を恥じた。が、考えてみれば、あの行動はむしろ当然なのだ。

前日、滬西《こせい》地区憲兵分隊員が見ている目の前で日本企業が入ったビルに数発の迫撃砲が撃ち込まれ、ビルが崩壊するという派手な事件が起きたばかりだった。現場には、及川大尉もいた。だとすれば、二発目、三発目の砲撃を予想して当然だろう。

だが、及川大尉は、爆発が起きた直後、なんの躊躇もなく、すぐに窓に向かった。

もしあの時点で、及川大尉が二発目がないことを知っていたのだとしたら——。

賭博場を密かに抜け出した本間は、それから三日かけて徹底的に調べあげた。そして、見つけた。滬西地区憲兵分隊の保管庫から、そこにあるはずの阿片《アヘン》が大量になくなっている事実を。

及川大尉は、正規の憲兵隊活動によって押収した阿片を裏で密かに持ち出し、横流ししている。そうして得た金を、夜の上海での遊興費に充てていたのだ……。

本間は、人が違った様子でニヤニヤとだらしなく笑う及川大尉の顔から思わず視線を逸《そ》らした。

――長すぎたのだ、上海《ここ》での五年は。

ただの五年ではない。

その間、上海では日本軍と中国軍との激しい武力衝突が発生し、その結果、本来、軍隊内の規律維持と駐留邦人の保護を目的として派遣された上海憲兵隊は、現地情報の収集や、さらには日本人を標的にしたテロへの対応という、未知の任務を押し付けられた。

上海の中でも最も治安が悪いとされるのが、ここ滬西地区である。人込みの中、見知らぬ者たちから常に命を狙われる緊張は並大抵のものではない。その一方、夜になれば上海は打って変わった蠱惑《こわく》的な顔つきで、そこに住む者たちを誘惑する。

及川大尉は、その真面目で潔癖な性格ゆえに、任務を完璧《かんぺき》にこなそうと全力を尽くし、やがて、壊れた。

憲兵は、任務の性質上、どんな場所へも出入りしなければならない。飲食店、ダンスホール、阿片窟、売春宿、そして賭博場も。

会員制の賭博場も、及川大尉はもとはといえば取り締まりのために訪れたのだろう。

そこで誘惑に負けた。賭博場の経営者としても、現在、上海を軍事的に支配しつつある日本の憲兵隊の分隊長に恩を売っておくのは悪い話ではない。最初は、及川大尉にわざと勝たせた。お祝いと称して、極上の酒を振るまい、あるいは飛び切りの美女を与えたのかもしれない。

それまでひたすら真面目に任務に励み、ろくに遊んだことがなかった及川大尉は、すっかり虜《とりこ》になった。その及川大尉の耳元で何者かがこう囁く。「お宅の保管庫にほったらかしになっている、阿片。あれを少々回して頂けませんか。そうすれば、もっと楽しい遊びもご紹介できるのですがねェ」

その後、及川大尉は、上海《このまち》と同じく、昼と夜の貌を使いわけることになった。

昼間の、冷静沈着、責任感溢れる地区分隊長としての貌。

夜の、果て無き欲望を追い求め、歓楽を味わい尽くす男の貌。

二つの貌は、あまりにも違いすぎているために、逆に誰も気づく者がなかったのだ。

ところが、そこへ、保管庫の阿片の数量が記録と合わない事実に気づいた者が現れた。

宮田伸照憲兵伍長だ。

彼は、憲兵隊の中の内通者が誰なのかを調査していたわけではなかった。保管庫から消えた阿片の行方を追っていたのだ。

——阿片を持ち出したのは、憲兵隊内部の者。

そこまでは正確に推測した宮田伍長も、しかしまさか、分隊長である及川大尉自身が阿片を持ち出しているとは夢にも思わず、阿片盗難の事実を及川大尉に報告した。そして、及川大尉の指示により、単独、極秘で調査を進めることになった。

一週間前。宮田憲兵伍長は、滬西地区を巡回中、背後から何者かの銃撃を受け、血まみれの死体で発見された。

おそらく宮田伍長が真相に到着する前に、及川大尉が先に手を打ったのだ。

上海憲兵隊による懸命な捜査にもかかわらず、宮田伍長を殺した犯人はまだ見つかっていない……。

そこまで調査を進めた本間は、ふと、ある可能性に思い当たった。再び例の極秘賭博場があるダンスホールを訪れ、支配人を呼びつけた。かまをかけて尋ねると、彼はあっさりと、及川大尉の身の回りの世話をさせていた一人の少年が先日から行方不明になっていることを白状した。

「おたくの分隊長殿があれをどうしようと勝手ですがね。その分はちゃんと払ってもらわないと困りますな」

ダンスホールの支配人は、でっぷりと肥えた腹を揺すり、肩をすくめてみせた。

その時点で、本間は行方不明になった少年が何をしたのか、そして、その後どうなったのかを、ほぼ確信した。

及川大尉は少年に銃を与え、抗日テロに見せかけて、巡回中の宮田伍長を狙撃《そげき》させた。

そして、言われた通り宮田伍長を射殺して戻ってきた少年を殺して、死体の中に紛れさせたのだ。

あの爆発騒ぎは、そのために仕組んだ自作自演の茶番だった。

宮田伍長を射殺した犯人が見つからない以上、上海憲兵隊は最優先で仲間を殺した犯人捜しを続けることになる。少なくともその間は、保管庫の阿片のことなど誰も気にしないだろう。また、憲兵隊地区分隊長の自宅が爆破されれば、抗日テロが頻発している印象を周囲に与え、宮田伍長射殺の一件もその一つだったと見なされよう。

さらに、自宅が爆破された時間、本間が一緒にいたことを本隊長にそれとなく仄《ほの》めかすことで、不在証明《アリバイ》づくりにもなる。あの朝、及川大尉は本間を待たせておいて、壁の時計を何度も眺めていた。あれは時限装置による爆発のタイミングを計っていたのだ。

本間がそのことに気づいたのは、残念ながら、D機関の一員、草薙行仁に真相を示唆された後のことだった。

あの日、草薙は、本間が後をつけるようわざと仕組んだ。

そうとしか考えられなかった。例えば、いつのまにか本間のポケットに入っていた見知らぬコイン——会員制の極秘賭博場への入場証——は、最初にぶつかりそうになった際、草薙が密かにすべりこませたものだ。あのコインがなければ、賭博場の扉を開けることすらできなかっただろう。草薙は、わざと自分を尾行させ、賭博場での及川大尉の別の貌を本間に目撃させた……。

それだけではない。

本間が上海日日新聞に確認したところ——なるほど塩塚という記者は確かに存在したものの——あの日はちょうど取材のために上海を離れていたことが判明したのだ。

本間が会ったのは偽の塩塚だった。

わざわざ塩塚の名前と経歴を騙《かた》ったのは、本間の信用を得るためだ。本間は、会いに来た相手がかつて自分が逮捕した男だと聞かされた時点で容易に警戒心を解き、よく確認もせず、あっさり話を信用した。大きな嘘を隠蔽するためには、小さな真実をちりばめることだ。おそらく、本物の塩塚が先日内地に帰った際、陸軍省主計課に勤める友人からD機関の噂を聞かされたのは本当だろう。草薙は、その秘密漏洩《ろうえい》の事実を逆に利用してD機関に対する警戒心を煽《あお》り、本間に写真を見せて、自分の後をつけさせるよう画策したのだ。

草薙は、本間を使って、及川大尉が行っている犯罪を暴かせた。

なぜか？

及川大尉の存在が、D機関が上海で展開する贋幣作戦と抵触した。あるいは、阿片の流通を一手に取り仕切る青幇にとって、及川大尉の存在が目障りになったのかもしれない。

——憲兵隊の問題は、憲兵隊内部で処理させる。

連中がそう考えたとしても不思議ではない。

だが及川大尉は、横沢陸軍中将ご令嬢との結婚話がすでに決まっているほどの、いわば優等生だ。上海に取り憑《つ》かれた男のことをそのまま東京の憲兵隊本部に教えたところで、誰も信用しないだろう。この上海《このまち》という街を知り、その空気を吸っている人間だけが及川大尉の行動を理解できる。と言って、無能な涌井本隊長に知らせたのでは、どんな騒ぎになるかわかったものではない。そこで〝特高あがり〟の本間に真相を教え、手を打つよう促した。

　及川大尉が、椅子の背にもたれたまま、口を開いた。

「それで、貴様の要求はなんだ？」

「宮田伍長の死の真相を公表してください」

　本間は、予《あらかじ》め考えてきた台詞《せりふ》をそのまま口にした。

「無論、宮田伍長を撃った犯人がどうなったのかも含めてです」

「そんなことをすれば、俺は良くて更迭。悪くすれば、軍法会議にかけられることになる」

　及川大尉はひょいと肩をすくめてみせた。

「横沢陸軍中将ご令嬢との結婚話もパアだ」

「やむを得ません」

　及川大尉は目を糸のように細くして本間を眺めていたが、不意に、にやりと唇の端を歪めて言った。

「どうやって信じてもらう？」

「はっ？　今、何と……」

「貴様は、すべては俺が仕組んだことだと言う。だが、どこにも証拠はない。あるのは貴様の言葉だけだ。もしここで貴様が死ねば、それも闇から闇に葬られることになる」

　背後で、ドアがゆっくりと、音もなく開く気配がした。

　――そういうことか……。

振り返らずとも、そこに誰が立っているのか、想像はついた。

吉野豊憲兵上等兵。

爆発現場で中国人の少年の死体を呆然と眺め、声をかけると、慌てた様子で逃げるように立ち去った地方出身の大柄な男だ。

本間は、調査の過程で、吉野上等兵が及川大尉の共犯であることをつきとめていた。阿片を保管庫から持ち出す際、及川大尉は吉野上等兵を運び役として使った。無論、吉野上等兵もそれ相応の分け前をもらっているはずだ。

宮田伍長の例を見ても、二人が真相に気づいた本間を消そうとすることは、当然予想できる事態だった。もしかすると、吉野上等兵はすでに構えた拳銃の筒先を本間の背中に向けているかもしれない……。

本間は、正面に目を据えたまま、背後の人物にも聞こえるよう、一語一語ゆっくりと言った。

「自分が死ねば、真相を記した手紙が二人の人物に届けられることになっています」

誰に、とは口が裂けても言うつもりはなかった。

租界警察のジェームズ警部。

上海日日新聞の塩塚。

二人に手紙が届いたところで、彼らが何らかの行動を起こす可能性は極めて低い。だが、手紙が誰に届くかわからない以上、及川大尉としても迂闊《うかつ》なことはできないはずだ。

及川大尉は首を傾げ、少し考える様子だったが、結局両手をあげた。

「降参だ。君の言う通りにしよう」

意外なほどの呆気《あっけ》無さに、本間の方がむしろ疑念を覚えた。

「まさか……自決されるおつもりじゃないでしょうね？」

「自決だと？」

及川大尉は一瞬啞然とした顔になり、それから低く、くつくつと笑い出した。

「馬鹿な。更迭されようが、軍法会議にかけられようが、一体それが何ほどのことだというのだ？　いいか貴様、俺が上海の五年間で学んだことがあるとすれば、人間はどんな罪を犯そうとも、またどんな恥辱の中であろうとも、生きていけるということだ。ましてや、陸軍中将のご令嬢と結婚できないくらいで、ハッ、なんで俺が死ななければならないんだ？」

そう言うと、及川大尉は本間の背後に目を向けた。

「もう良い、銃を下げろ。貴様も聞いていただろう？　宴は終わりだ。残念だが、何ごとにも終わりというものがある……」

言いかけて、及川大尉はぎょっとしたように大きく目を見開いた。

「貴様、何を……」

パン。

乾いた音が耳元で響き、本間は一瞬体を硬くした。

——撃たれた……？

だが、次の瞬間、本間は目の前の椅子に座る及川大尉の胸に、丸く、赤い染みが広がるのを見た。

はっとして振り返った。

吉野上等兵が右手に拳銃を構えていた。

銃口は、まっすぐに及川大尉に向けられていた。

パン。パン。

さらに二度、乾いた銃声が部屋の中に響き、そのたびに及川大尉の体が椅子の中で弾《はじ》けた。大きく見開かれたその目は、すでに生きた者の光を失っている。

「やめろ、吉野上等兵！」

本間の声に、吉野上等兵がゆっくりと向き直った。吉野上等兵の顔には、そこに本間が居ることにはじめて気づいて不思議がるような、奇妙な表情が浮かんでいた。

「なぜだ吉野上等兵、なぜ及川大尉を撃った？」

「……恋人の仇《かたき》だ」

吉野上等兵は、機械的に答えた。

「恋人だと？　いったい誰のことを……」

言いかけて、幾つかの事柄が同時に見えた。

真っ赤に塗られた唇。

グラスを差し出す美少年。

少年の死体を呆然と眺める吉野上等兵。

蝶の形の痣。

少年の死体の蝶の形のあの痣は、普段は服に隠れて見えない場所にあった。吉野上等兵の恋人というのは、まさか……。

「待て、吉野……」

本間が一歩踏み出すより早く、吉野上等兵は銃口を自分のこめかみに当て、引き金を引いた。

目の前に、魔都に取り憑かれた二人の男の死体が転がっている。

——お前に、この事態を処理することができるか？

闇の中から二つの目が、試すように本間を見つめていた。

X　X　ダブル・クロス

1

すみません。お水を一杯いただけませんか……。あの人があんなふうに亡くなるなんて、あんまり思いがけないことでしたから……。

ありがとうございます。おかげで少し落ちつきました……大丈夫……もう大丈夫です。

わたしが知っていることは、みんなお話しします……。

あの日、あの人とはわたしのアパートで待ち合わせの約束をしていたのです。

アパートの鍵《かぎ》は、お渡ししてありました。あの人は職業柄、なにかと忙しくしていましたし、わたしも留守がちなものですから、自然、わたしのアパートで待ち合わせをすることが多かったのです。

あの日は、お稽古《けいこ》が思っていたよりも長引きそうだったので、外から一度部屋に電話を入れました。時間は、さあ、午後二時頃だったでしょうか？　電話には、あの人が出ました。

……いま思えば、いつになく落ち込んだ様子で、ひどく暗い声をしていたような気がします。けれど、そのときは急いでいたので、少し遅くなることだけを告げて電話を切りました。もしあのとき、わたしが気づいてさえいたら、あんなことにはならなかったのかもしれません。

　お稽古が終わったのは、たしか三時過ぎでした。

　それからすぐに部屋に電話を入れてみましたが、誰も出ません。

　遅くなったので、怒って帰ってしまったのかしらと思い――それまでも、そんなことがちょくちょくありましたから――わたしはお友だちのミヨコさんを誘ってアパートに帰ることにしました。部屋にケーキが残っていたので、彼女と一緒に食べようと思ったのです。

　ドアを開けると、玄関にあの人の大きな革靴が脱ぎっぱなしになっていました。

　それを見て、ミヨコさんは気をきかせて、「じゃあ、わたしはこれで」と言って帰ろうとしました。わたしは彼女を引き留めて、中に声をかけました。

　ところが、返事がありませんでした。ミヨコさんも不思議に思ったのでしょう、わたしたちは顔を見合わせ、一緒にアパートの中に入っていきました。

　キッチンに入って最初に目に飛び込んできたのは、床に広がる真っ赤な血の色でした。

　それから、椅子の脇に仰向《あおむ》けに倒れているあの人の姿。苦悶《くもん》の表情を浮かべた、あの恐ろしい顔！

　皮膚の色が紫に変わり、かっと大きく見開かれた両方の目は白目を剝《む》いていて……。

　一目で〝死んでいる〟とわかりました。

　あの光景を、わたしはきっと一生忘れられないでしょう。けれどその時は、ともかくひどく恐ろしくて、すっかり混乱して、何だかわけがわからなくなって……。

それからミヨコさんが警察の方を呼んできてくださるまで、わたしはその場に立ちつくして、両手で顔を覆ったまま、ひたすら悲鳴をあげつづけていたような気がいたします。

2

「死んだのは、ドイツ人カール・シュナイダー。表向きはドイツの有名新聞〈ベルリン・アルゲマイネ〉の海外特派員記者ということになっていますが、同時に彼は極めて特異なタイプのスパイでした」

報告を続けながら、飛崎《とびさき》はちらりと周囲に目を走らせた。

四方を白い壁に囲まれた五坪ほどの狭い部屋。閉て《た》切った部屋の中央に長細い机が据えられ、その机を囲むように数名の会議参加者が座っている。

ほとんどは飛崎同様二十代の若者だ。各々《おのおの》、椅子の背にもたれかかり、腕を組み、机に肘《ひじ》をつき、手に顎《あご》をのせてニヤニヤ笑い、あるいは生真面目な様子で飛崎の報告を聞いている。

長机の一角、一般に上座と呼ばれる場所に、一人だけ年嵩《としかさ》の痩《や》せた男が席を占めていた。五十年配。日本人にしては彫りの深い、端整な面立ちのその男は、会議の最初からずっと目を閉じたまま一言も口をきかず、ちょっと見には居眠りをしているのかと疑われるほどだ。しかし――。

ここには〝見たままの物〟など何一つ存在しない。

この瞬間、事情を知らない者が部屋を覗《のぞ》いたなら――参加者全員が伸ばした髪を七三にきれいに撫でつけ、背広を着ていることからだけでも――どこかの民間企業が商売の打ち合わせをしているとしか思わないだろう。

だが事実は、報告者である飛崎を含め、この会議に参加している全員が大日本帝国陸軍所属の高級将校だった。

飛崎弘行《ひろゆき》少尉。

建て前上はそうなっている。

もっとも、官姓名《かんせいめい》、さらには尋ねられればすらすらと口をついて出てくる経歴もまた、実際にはここに来た時に与えられた偽装の一つであった。今、飛崎の報告を聞いている〝同期たち〟――葛西《かさい》、宗像《むなかた》、山内《やまうち》、秋元《あきもと》、中瀬《なかせ》といった者たちにしても、事情は同じはずだ。

上座で目を閉じたまま報告を聞いている五十代半ばの痩せた男は、結城《ゆうき》中佐。飛崎たちの直属の上官だ。かつて優秀なスパイであったという結城中佐は、現役のスパイを引退した後、陸軍内の強い反発を押し切って、ほとんど一人でこの「陸軍スパイ養成学校」――通称〝D機関〟――を設立した。

最初の一年は予算もつかず、陸軍が使わなくなった鳩舎《きゅうしゃ》を改築したぼろ家での教育であったらしい。その後、参謀本部が押さえている潤沢な機密費を自由に使えるようになったことで、今では東京郊外に鉄筋コンクリートでできた三階建てのビル一棟をまるまる所有し、そこを本拠地としている。

ビルの一階には〈大東亜文化協會〉と記された、小さな目立たない看板が出ているだけだ。

結城中佐は、財布の紐《ひも》を握っている当の陸軍参謀本部に対してさえ「何人《なんぴと》といえども、このビルに軍服で出入りすることは禁じる」と厳命していたから、外部の人間が「大東亜文化協會」が実は陸軍のスパイ養成学校だと知ることは、事実上、不可能であった。

そして、この神経質ともいえる偽装にこそ、結城中佐が養成しようとしているスパイの本質が表れている。

――スパイとは、見えない存在だ。

それが結城中佐の口癖だった。

見知らぬ外国の土地にたった一人で留《とど》まり、その地に溶け込み、誰にも正体を知られず、自分の判断のみを頼りにその国の情報を集め、分析し、本国に密《ひそ》かに送り続ける。そのことこそが、優れたスパイの条件なのだという。

「任務は、五年、十年、二十年、場合によっては何代にもわたって遂行されなければならない。スパイがその存在を知られる時は、任務に失敗した時だ」

飛崎がD機関に入るための試験を受けにきた際、結城中佐は窪《くぼ》んだ眼窩《がんか》の奥の目を一瞬暗く光らせて言い渡した。

世俗的な栄達は金輪際《こんりんざい》諦《あきら》めなければならない。

スパイになるということは、そういう意味なのだ。

静かで、目立たない、影のような存在。それがスパイの一つの理想形だとすれば、カール・シュナイダーは対極のタイプであった。

三年前、ドイツ有名新聞の海外特派員として来日したシュナイダーは、東京市内に二階建ての一軒家を借りると、連日のように大勢の人間を招いてパーティーを開いた。酒宴と乱痴《らんち》気《き》騒ぎ。蓄音機の音が深夜まで鳴り響き、芸者や、その他不特定多数の、国籍も性別も様々なボヘミアンたちが彼の家に出入りした。

世界情勢が逼迫《ひっぱく》しているこの御時世、日本の憲兵隊は新しく東京に来た外国人すべてを監視対象とし、極秘かつ詳細な〝外人登録書〟が作成されることになっている。

派手な振る舞いを続けるドイツ人に憲兵隊は眉《まゆ》をひそめ、シュナイダーに関しては通常手続き以上の徹底的な調査が行われた。その結果、一般的には公にされていない事実——彼が極秘のナチス党員であること、秘密国家警察《ゲシュタポ》と接触があること、ドイツ語の他、英語、フランス語、ロシア語、日本語、北京語、広東語を流暢《りゅうちょう》に使いこなす語学の天才であること、などが記された詳細な外人登録書が作成された。

〈カール・シュナイダーは、ナチス・ドイツの意向に添った記事を書く目的で日本に派遣されたと考えられる〉

登録書の末尾にそう穿《うが》った意見を書き記した憲兵隊員にしても、しかしまさか、この大酒呑《の》みの漁色家、派手で騒々しい、あまりにも人の関心を引きすぎるドイツ人が優秀なスパイだとは想像もできなかったらしい。

シュナイダーにスパイ容疑がかかったきっかけは、まったくの偶然であった。

共産主義者の疑いで逮捕されたある日本人が、特高《とっこう》警察の厳しい拷問に耐え兼ねて、シュナイダーの名前を口にしたのだ。

――カール・シュナイダーは、ソ連共産党のために働くスパイだ。

最初、彼の証言はまったく相手にされなかった。

シュナイダーは、駐日ドイツ大使館内に親しい友人が何人もいて、連日のように大使館に出入りしている。しかも彼は極秘のナチス党員にして、秘密国家警察《ゲシュタポ》とも接触がある人物だ。

そんな男が、ドイツのスパイというならともかく、よりにもよってソ連共産党のスパイであるはずがないではないか？

拷問を逃れるための、苦し紛れの出鱈目《でたらめ》に決まっている。

そう結論された。

だが、念のため、シュナイダーに極秘に厳重な監視がつけられた。

その結果、驚くべき事実が判明した。

シュナイダーは、日本政府も知らないソ連の軍事機密情報をドイツの駐東京陸軍武官に流していた。と同時に、彼が大使館のゲシュタポ代表マイジンガー大佐のほとんど鼻先で、ライター形の超小型カメラを使って極秘書類を盗み撮りしているらしき場面が目撃されたのである。

――日本を舞台にした、独ソの二重スパイ。

報告を受けた憲兵隊上層部は、対応に窮した。

シュナイダーの目的は、どうやら極東日本におけるドイツの動きをスパイすることらしい。日本にとっては、今シュナイダーの二重スパイ行為を公に暴露したところで大した利益はない。むしろ、ことが公になれば、三年もの間シュナイダーのスパイ行為を見逃してきた日本の憲兵隊の対応の方が問題にされるだろう。

別の問題もあった。

シュナイダーはドイツ大使館、のみならず日本陸軍上層部に対しても顔が広く、そのうえ各国大使や高級将校の奥さん連中からひどく受けが良い。彼が二重スパイだと証明するのは困難であるばかりか、証明すればドイツ大使や陸軍上層部の面目を潰《つぶ》さずに済ませることが、ほとんど不可能なのだ。

一方、ソ連大使館は、表面上、自分たちはこの件に全然関知していないという態度をとるであろう……。

関係者が三国間にまたがる二重スパイは〝取り扱い〟に気を遣う、極めてデリケートな存在だ。それはもはや、憲兵隊の手を離れ、政治の領域に属していた。

憲兵隊と陸軍参謀本部、さらには外務省を交えた極秘の協議が幾度も重ねられ、最終的には、シュナイダーの身柄を密かに確保し、現在ソ連に捕らえられている日本人捕虜との交換を裏取引するのが最善、とは言えぬまでも、次善の策だという結論に達した。

だがその前に、最低限、シュナイダーが二重スパイだという確実な証拠を押さえ、かつ彼が日本で組織した連絡員、及び協力者を〝洗い出す〟ことが必要である。問題は——。

どこがやるか、だった。

手柄を公にできない任務である。そのくせ、失敗した場合の責任は想像するだけで恐ろしいほどだ。

ボールの押し付けあいが行われた結果、最終的にD機関にお鉢が回ってきた。

——スパイの後始末だ。スパイで片付けろ。

それが、面倒な任務を押し付けるにあたってD機関に向かって発せられた言葉のすべてであった。

3

「この件は、貴様が仕切れ」

結城中佐に呼び出されてそう命じられた時、飛崎は直ちに言外の意味を察した。

——卒業試験。

D機関がスパイ養成学校である以上、ここで訓練を受ける者は、やがては一人前のスパイとして〝卒業〟していかなければならない。実際、飛崎と一緒に訓練を受けていた者の中でも、すでに幾人かがD機関を〝卒業〟していた。

もっとも、その者たちがどんな任務を帯びて、どこに派遣されたのか、あるいは何か別の理由でD機関を去ることになったのかは、在校生には一切知らされなかった。

彼らはある日突然姿を消す。おそらく、生きて再び顔をあわすことはないだろう。

ただ、その者たちが姿を消す前には、決まって結城中佐から何らかの任務を与えられていた。

――卒業試験の結果次第で、任地、任務が決まるらしい。

それが、D機関に残った者たちの無言の了解だった。

訓練通り、指示書を素早く一読して返すと、結城中佐は窪んだ眼窩の奥の目を薄く開いて、飛崎に尋ねた。

「やり方は、わかっているな?」

無言で頷《うなず》いてみせる。

結城中佐は目を閉じ、椅子の背に深くもたれて、疲れたように口を開いた。

「……だったら、すぐに取り掛かれ」

言われるまでもなかった。

飛崎は部屋を出たその足で作業を開始した。

まずはシュナイダーが二重スパイだという決定的な証拠を押さえることだ。

標的《マト》が決まっている以上、しかしこれはある意味、容易な作業であった。

スパイ活動には情報の交換が不可欠だ。シュナイダーも、手に入れた情報を何らかの形で本国に送っているはずである。

日本国内から発信される国際電信は、そのつど逓信省からD機関に通じる秘密回線に接続され、すべての内容が記録されている。また海外への電話は牛込電話局に集約され、これもD機関に電話線がつながって、その記録が残されていた。

無論、公にはできない非合法の盗聴である。が、D機関の存在自体が機密事項に属している以上、合法性を問うことはそもそも無意味であろう。

飛崎はシュナイダーの発信記録を再度検討し、結果、疑わしい通信を幾つかあぶり出すことに成功した。

並行して、信書の確認が行われた。

国外に発送される手紙は、外国公館出のものを含めて、すべて中央郵便局に集められた後、D機関にまとめて送られてきていた。D機関ではこれらの封書を跡をいっさい残さない特殊な方法で開封し、内容を複写した上で、二時間後には原形に還元して中央郵便局に戻していたのだ。

言うまでもなく、これも非合法。

再検討の結果、シュナイダーの手紙は、一見何げない文面に暗号を忍ばせた、実に巧妙なやり方で書かれていることが判明した。

さらにもう一つ、調査を進める過程で決定的な証拠が押さえられた。

以前から東京地区のどこかに非合法の無線送信所が存在し、暗号文が発信されていることがわかっていた。三点交差法により、いつも二キロ以内の地域までは特定されていたものの、送信時間が短いためにそれ以上の追跡が行えないでいたのだ。だが、密かにシュナイダーの監視を続けていた飛崎は、ある日彼が賃借りした漁船の中から不可解な無電暗号が発信されているのを確認した。

周波数は、ソ連諜報《ちょうほう》機関が使っているものと一致した。

これで決まりだった。

情報の交換を行わないスパイは、スパイとはいえない。だが同時に、情報を発信し、あるいは受け取る瞬間だけは、どんな優れたスパイでも仮面を脱ぎ、スパイとしての正体を晒《さら》さざるをえないのだ。

——スパイは疑われた時点で終わりだ。

結城中佐が常々口にしている言葉の現実を目の当たりにして、飛崎は背筋に寒気を覚えた。逆に言えばこれは、シュナイダーがこれまでいかに疑われずにいたかを示す証拠でもあった……。

「カール・シュナイダーが選んだ〝偽装〟は他に例をみないものであり、もし彼にスパイの容疑がかかっていなければ、憲兵隊の連中はおろか、我々にさえ、彼のスパイ行為を特定することは非常に困難だったと思われます」

飛崎は、会議の参加者に対して——と言うよりは、さっきからじっと目を閉じたままの結城中佐一人に向かって、報告を続けた。

会議参加者の手元には資料の類は一切存在しない。D機関では、報告書や資料はすべて一読後に返却。メモを取ることも禁じられている。

「シュナイダーにとっては、酒と女と連日のパーティーこそが日本の憲兵隊の目を欺く手段でした。彼は秘密の工作員と接触する際にはあえて目立つパーティーを開くことで、他の客たちの間に紛れさせていたのです。一晩中かけっぱなしになっている蓄音機の大きな音は、仕掛けられた盗聴器を無効化するためのものでした」

目立つことで疑いの目を逸らせる。

スパイの常識を覆す、とんでもない離れ業である。

シュナイダーは、来日後三年間にわたってその離れ業を実行していた。彼は疑《うたぐ》り深い日本の憲兵隊の目を逃れて、東京で効率的な極秘のスパイ網をつくりあげた。同時に、ドイツ大使館や日本の陸軍筋との密接な結び付きを確保し、ソ連の利益を損ねない程度の軽微な情報を与えることで、ドイツ側のより重大な情報をソ連に発信し続けていたのだ。

海老《えび》で鯛《たい》を釣る。

その手腕は敵ながら見事であり、飛崎としても舌を巻かざるをえない。

だが、そのシュナイダーにしても、いったん疑われた以上は、スパイとしては丸裸同然であった。

彼が苦心して作り上げた日本国内のスパイ網はすでに押さえた。

後は、ことを荒立てないよう、極秘にシュナイダー本人の身柄を確保するだけだ。そのタイミングを計るべく、飛崎は彼の監視を続けていた。ところが――。

結城中佐が、やはり目を閉じたまま、部屋に入って以来はじめて口を開いた。

「監視に気づいたシュナイダーが、逃れられないと観念して自殺した可能性はないのか？」

「それは……」

言いよどんだ飛崎に、会議の参加者全員の目が集まった。

彼らの視線からは、どんな感情も読み取れない。

――身柄を押さえる前に標的《マト》に死なれた。

それは、D機関に籍を置く者にとって〝あってはならない失態〟であった。

4

「まず、第一に」

飛崎は一呼吸置いて、ゆっくりと口を開いた。

「あの時点で、シュナイダーが私の監視に気づいていたとは考えられません」

あの日――。

監視を続けていたアパートの一室で騒ぎが起こり、部屋の中でシュナイダーが死亡したことが判明すると、飛崎はほとんど呆然《ぼうぜん》とした。

ありえない。

瞬間的に、そう感じた。

あってはならない、そう思ったのではない。ありえないと感じたのだ。

その後、飛崎は幾度となく自分の行動を反芻《はんすう》してみたが、自分がどこかでミスをしたとはどうしても思えなかった。

では、そのありえない事態がなぜ起きたのか？

いくら考えても答えが見えなかった。

苦渋の選択の末、飛崎は自分の裁判となりかねないこの会議の開催を、結城中佐に自ら申し出た。〝見えない真相〟を明らかにするためにである。

「だが、遺書の問題がある」

向かい側の席に座った葛西が、冷ややかな口調で言った。切れ長の目。朱色の唇。小柄な葛西は、同期の間でも〝切れ者〟の評価を得ている。

「標的《マト》は自殺に際して遺書を書き残していた。――そうだろう？」

再び、一座の視線が飛崎に集まった。

葛西が指摘したとおり、先ほど回覧した資料の中にはシュナイダーが遺《のこ》したと思《おぼ》しき〝遺書〟の写真複製《ファクシミリ》が含まれていた。

じんせいにぜつぼうしました。わたしはしにます

便箋《びんせん》にかな文字で書かれた遺書が、シュナイダーが死んだアパートのキッチンテーブルの上にきちんと載せられていた。

この遺書の存在があったからこそ、警察はシュナイダーの自殺をあっさり断定したのだ。

しかし――。

警察にとって、死んだのはあくまで〝ドイツ有名新聞の海外特派員〟であった。

憲兵隊と特高、さらには一般の警察の取り扱う事件の境界が曖昧《あいまい》になり、三者が縄張りを激しく争っている現在、互いの情報が共有されることはまず在り得ない。

警察にはシュナイダーの裏の顔は知らされていない。とすれば、彼らがそれ以上、自殺を疑う理由はなかった。

結城中佐はさっき一言質問を発したきり、椅子の背に深く凭《もた》れ、腕を組み、目を閉じたままだ。飛崎はその様子にちらりと目をやり、先を続けた。

「シュナイダーは、極めて優れたスパイでした。万が一、彼が私の監視に気づいていたとしても、自殺という手段を選んだのは、いささか不自然だと思われます」

言わんとする意味は、少なくともこの会議の参加者には充分に伝わったはずである。戦闘地域以外において、人の死ほど周囲の関心を集めるものはない。

——死ぬな。殺すな。

それがD機関に入った者全員に対して最初にたたき込まれる〝第一戒律〟なのだ。

D機関設立に際して、陸軍内部では一種異様なまでの猛烈な反発があったと聞く。

一つにはもちろん、スパイ行為そのものを〝卑怯《ひきよう》卑劣〟〝出歯亀《でばがめ》趣味〟と考える日本陸軍の伝統的な価値観のせいだろう。

だが、おそらく理由はそれだけではなかった。

敵を殺し、あるいは敵に殺されることを暗黙の了解とする軍隊組織の中で、殺し、殺されることを真っ向から否定するD機関は、周囲を腐らせる〝危険な異物〟なのだ。軍内部の者たちはそのことを無意識に嗅《か》ぎ付け、だからこそ、生理的な嫌悪を感じて反発したに違いない。

しかし、と、飛崎が言葉を切るのを待って、葛西が再び口を開いた。

「自殺でないとすれば、残るは事故か殺人ということになる。事故ならば遺書をのこすはずはない。つまり貴様は、シュナイダーが何者かに殺された——遺書は偽装だ——と言いたいわけだな？」

「念のためにその可能性を検討すべき、と言っているだけだ」

飛崎は苦々しい思いで口を開いた。

「シュナイダーはドイツとソ連の二重スパイだった。ソ連、ドイツ双方の諜報機関から、いつ命を狙われてもおかしくない存在だ。奴が不慮の死を遂げた場合、殺された可能性を検討してみるのは無意味なことではあるまい」

「だが、それを言うなら、奴が殺された可能性は、そもそも飛崎、貴様の活動によって否定されるはずじゃないか」

唇の端を皮肉な形にゆがめて、葛西が指摘した。

「貴様は自分でさっきこう言ったんだ。『女が友達と二人で帰ってきて、すぐに大騒ぎになった。一人が飛び出してきて、近所の巡査を引っ張ってきた』と。一方で貴様は『シュナイダーが部屋に入った後、女が帰ってくるまでドアから出入りした者は誰もいない。その間、部屋の中は死んだように静まり返っていた』とも言っている。アパートの見取り図から判断する限り、部屋の出入り口はそのドアだけだ。もしシュナイダーが誰かに殺されたのだとしたら、殺人犯はいったいどうやって現場に出入りしたんだ？」

——一言一句間違いのない、正確な引用。

もっともそのくらいは、D機関の者なら誰でもできて当然である。

飛崎が黙っていると、壁際の席で腕を組んで聞いていた宗像が、太い眉の下の大きな目をぎろりと動かして言った。

「シュナイダーが死んだのはアパートの二階だったな。何者かが建物の反対側の窓から出入りした可能性はないのか？」

「反対側の窓は、往来の絶えない大きな通りに面している。もし二階の窓から白昼何者かが出入りしていたら、それこそすぐに警察に通報されただろう」

「それじゃやはり、現場に出入りした者は誰もいないということになる」

葛西がニヤニヤと笑いながら言った。

「つまりこれは、密室における不可能殺人というわけだ」

言葉に込められた皮肉の刺《とげ》に気づいて、飛崎は無言で眉をひそめた。

密室、あるいは不可能殺人。そんなものは所詮《しょせん》は〝言葉遊び〟だ。真面目な議論の前提になるわけがない。

結城中佐が、やはり目を閉じたまま、口を挟んだ。

「……標的《マト》の死因は何だ？」

「解剖の結果、シュナイダーの死因はシアン化合物による窒息死でした」

飛崎は、密かに入手した検死報告書を頭の中に思い浮かべて、答えた。

「使われたのは、ごく一般的な青酸カリで、入手経路を特定することは困難です」

「あれっ、失血死じゃなかったのか？」

飛崎の隣に座っていた長身の秋元が、驚いたように声を上げた。

「現場の写真では、シュナイダーはずいぶんと血を流して床に倒れていたように見えたが……？」

「あれは、血じゃない。赤ワインだ」

「死体から検出されたものと同じ毒物が、キッチンの床にこぼれていたワインからも検出された。床には、シュナイダーの指紋がついたワインの瓶とグラスが転がっていたから、彼が毒入りワインを飲んで死んだことは、まず間違いない」

「赤ワイン?」

「ははあ。青酸入りの毒ワイン、ね。ちなみに銘柄は?」

「シャトー・マルゴー。シュナイダーが好きな銘柄の一つで、奴が自分で大使館経由で手に入れ、事件の一週間前に女のアパートにもちこんだものだ」

「フランスワインか……」

宗像がふと何か思い当たった様子で顔をあげた。

「待てよ。シュナイダーは語学がお得意だったようだが、いったい何ヵ国語をものにしていたんだ?」

「ドイツ語、ロシア語、フランス語、日本語、それに、北京語と広東語……」

「英語は?」

「無論、英語にも堪能だった。ほとんど母国語同然に使いこなせたはずだ」

と答えた飛崎は宗像に顔を向け、逆に尋ねた。

「なぜそんなことを訊《き》く?」

「実は、さっきシュナイダーの遺書の写真複製を見て、一つ気になることがあった」

宗像は、一同を見回して続けた。

『じんせいにぜつぼうしました。わたしはしにます』という文面の他にも、奴は便箋の右隅の余白に小さく何か書いていただろう？」

「そう言えば、紙の右隅が黒く汚れているように見えたが……」

葛西が戸惑ったように口を挟んだ。

「しかしあれは、字を書く前にペン先を整えた跡じゃないのか？」

「そうかもしれん」と宗像はあっさり頷き、すぐに、

「だが、ローマ数字のXを二つ並べて書いてあるようにも見える」

「二つのX？」

「英語で二つのX《ダブル・クロス》は〝裏切り〟を意味する」

「すると貴様は、シュナイダーは誰かに裏切られた——あるいは誰かを裏切っていた——あの遺書は、そのことを伝えようとしているというのか？」

「一つの可能性、だがな。もしかすると、シュナイダーは、独ソに加えて、英米いずれかの三重スパイだったかもしれんさ」

「三重スパイだと？　馬鹿馬鹿しい」

呆《あき》れたように肩をすくめた葛西を無視して、宗像はぐるりと結城中佐に向き直った。

「どう思われます？」

結城中佐は薄く目を開き、

「一応、念のために潰しておくか……」

呟《つぶや》くようにそう言うと、すぐさま一人一人に向かって指示を出しはじめた。

「宗像は、シュナイダーの周囲で英語を母国語とする者、もしくは英語に堪能な者の身辺調査。秋元は、遺書の実物を調べてみろ。秘密インクでまだ何か書いているかもしれん。葛西は、ドイツ、およびソ連の大使館員の動向を確認。いずれかの国の諜報機関が動いたのなら、何らかの痕跡《こんせき》があるはずだ。山内は、ワインの輸入経路に当たれ。途中、ワインに触れることが出来た者のリストが必要だ。中瀬は……」

指示を受けた者たちは無言のまま、一人ずつ席を立ち、部屋を出て行く。

飛崎は、無表情で部屋を出て行く彼らの仮面の下に抑え切れない好奇心を見て取って、思わず奥歯をきつく噛《か》み締めた。

彼らにとっては、シュナイダーは死んでなお興味深い狩り《ゲーム》の対象なのだ。

いや、むしろ同類と言うべきか。

飛崎はシュナイダーの監視をしている間、何度もD機関の者たちと同じ匂いを嗅いだ。

——手に負えぬほどの自尊心。

その一点において、シュナイダーは彼らと同じ生き物であった。

調査によれば、シュナイダーは来日直前にドイツでナチス上層部の何人かと接触している。ナチス党員となって秘密国家警察《ゲシュタポ》に入り、その隠れ蓑の下にドイツ陣営の中のソ連スパイとして日本で行動することがその目的だった。

複雑極まりない偽装。

単純な頭の持ち主には、彼の行為が何を意味しているかさえ理解不能だろう。言うまでもなくそれは、身分を疑われた時点でナチスの拷問を受け、処刑される可能性を伴った危険な行為である。と同時に、ソ連政治局からも〝油断のならない二重スパイ〟の烙印《らくいん》を押される——その瞬間にソ連秘密警察の〝暗殺者リスト〟に記載される——まさに二重に危険な綱渡りなのだ。

ソ連の側に立って、日本でドイツの情報を集める。

逆に、ドイツの側に立ってソ連の情報をドイツに流す。

どちらの場合も、目的を達するためだけなら、そこまで危険な立場に身をおく必要はない。シュナイダーの行為は、結局のところ一種異様なまでの高揚感、もしくは肥大した彼の自尊心が求めた〝危険なゲーム〟なのだ。

そして、まさにその意味において、D機関の学生たちは死んだシュナイダーと同類であった。

D機関の奇怪極まりない試験や、想像を絶する課題を与えられるあの訓練——しかもその先に待っているのは徹底した〝無名性〟にすぎない——に、彼らが喜々として取り組んでいるのは、

——この任務を果たすことができるのは自分だけだ。

あるいは、

——自分にならこの程度のことは出来なくてはならない。

という手に負えぬ自負心によるものなのだ。

(こいつらに負けるわけにはいかない……)

飛崎は胸を焼く焦りの炎を無理やり抑え付け、無造作に指示を与え続ける結城中佐へと挑むような目を向けた。

この件を任されたはずの飛崎への指示は、しかし、まだ出されていなかった。

一人、また一人と部屋を出て行く者たちの姿を目の端にとらえながら、飛崎はぎりぎりと音がするほど奥歯を強く嚙み締めた。

自分が〝異端〟であることを、ここに来て改めて思い知らされた気がした……。

5

——D機関への採用は〝地方人〟を対象とする。

機関設立にあたって陸軍内部に猛烈な反発を引き起こした結城中佐の方針にもかかわらず、飛崎は陸軍幼年学校から陸軍士官学校を経て陸軍少尉に任官した、いわば〝生え抜きの陸軍将校〟であった。

飛崎は父母の顔を知らない。ヘボ画家だったという父は、飛崎が生まれる前にパリに旅立った。それが母以外の若い女性を伴っての出奔だったということは、後になって周囲から聞かされた話だ。母もまた、飛崎を産んだ直後に、父以外の若い男の手を取って家を出ていった。その後二人がどうなったのか飛崎は知らなかったし、また知りたくもなかった。

残された赤ん坊は、地方の名望家だった父方の祖父母のもとに送られ、そこで育てられることになった。もっとも、その頃すでに高齢であった祖父母が自分たちで赤ん坊の面倒を見られるはずもなく、実際に世話をしてくれたのは近所の貧しい農家から手伝いに来ていた未婚の若い女性であった。

——ちづネェ。

幼い飛崎は彼女のことをそう呼び、なついた。むやみと大きな古い祖父母の家の中で、彼女の側《そば》だけが、唯一心を許せる場所だったと言って過言ではない。

何年かして彼女が家に来なくなると、祖父母は飛崎に陸軍幼年学校の受験を命じた。老齢の祖父母が、自分たちには少しも懐かない飛崎を持て余したのは確かだろう。あるいは、田舎の名望家の主である祖父母にとっては、息子と嫁の良からぬ行状を思い起こさせる飛崎の姿がいささか目障りになっていたのかもしれない。なにより陸軍幼年学校ならば、ごく安い費用ですませられる。

飛崎は陸軍幼年学校、陸軍士官学校を通じて、ほとんど常にトップの成績で通した。大人たちの思惑とは関係なく、彼の生まれ持った能力と自尊心がそうさせたのだ。

陸軍士官学校を卒業後は、連隊に士官候補生・見習士官、少尉として配属された。

連隊付少尉としての最初の仕事は、初年兵の初期教育訓練だった。

要するに、徴兵検査を経て陸軍に入隊してきた者たちに直属上官の官姓名《かんせいめい》を確実に覚えさせることだ。この訓練は直属上官、即ち中隊長から、その上の大隊長、連隊長の官姓名の暗唱とつづく。更には、その上の旅団長閣下から、最終的に天皇陛下へ続く一本の太い動脈をたたきこむことで〝天皇の赤子《せきし》たる皇軍の一員としての自覚と感動を呼び起こす〟のが訓練の主旨である。

天皇の赤子《せきし》。

皇軍の一員。

日本の陸軍とは畢竟《ひっきょう》、天皇を家長とする疑似家族を形成し、その家長のため、ひいては家族全体のために、個々人が命を棄《す》てて戦争に赴くことを求める組織なのだ。しかし――。

馬鹿馬鹿しかった。

飛崎には、なぜ自分が家族のために何かをしなければならないのか――命懸けで、あるいは己の命を棄ててまで、家族を、ひいては家族の疑似存在である日本《このくに》を守らなければならないのか――その理由が分からなかったのだ。

飛崎にとって、幼年学校、士官学校を通じて優秀な成績を取ることは自分自身のためであり、そこに家族などという不確定な要素が紛れこむ余地はなかった。

飛崎は、初年兵たちが訓練を通じて、天皇の赤子《せきし》、皇軍の一員となった事実に目覚め、感涙を流す者さえあることに、ひどく困惑した。もちろん教官である飛崎がそんな感情を表に出すわけにはいかず、彼はひたすら、終始冷ややかな目で周囲と己の心を眺めながら、与えられた隊務を効率的にこなしていたのである。

事件が起きたのは、陸軍大演習のために連隊が札幌に移動した際であった。飛崎の部下の中に虫歯が化膿したために四十度の高熱を発し、右目が見えないほど頰がはれあがっている者がいた。その部下に対して、運悪く、遠距離斥候の大隊長命令が出されたのだ。飛崎は大隊長に事情を述べて他の者への任務変更を具申した。が、大隊長は、直ちに本人の大隊本部への出頭を厳命した。

飛崎は高熱に震える部下に防寒用のドテラを巻き付け、体を支えてやって、一緒に大隊本部に出頭した。二人の姿を見るなり、大隊長は大声で怒鳴りつけた。

「貴様、それが作戦を受ける態度か！　病気がなんだ。大元帥陛下の御為だ。死んでも本望。死んでも行け！」

熱に足元をよろめかせながら敬礼を返そうとする部下を制して、飛崎が代わりに口を開いた。

「お言葉ながら、たかだか演習のために病気を無理して死んでも本望などというのは、あまりにも馬鹿げています。第一、今、この者に遠距離斥候が務まるとは思えません。代わりの者を立てます」

「なんだと……」

大隊長の顔が、見る間にどす黒く変化した。

「貴様、今なんと言った。たかだか演習のため？　馬鹿げているだと……？　すると貴様は、畏《おそ》れ多くも大元帥陛下の命を受けた、この俺の言葉が馬鹿げていると言うのだな！」

「そうは言っておりません」

　飛崎は非論理的な相手を持て余しながら続けた。

「言葉が過ぎたことは謝ります。しかし……」

「しかもクソもあるか！　馬鹿め、どうするか見ていろ！　クソッ、貴様もだ！　ドテラなんぞ着おって……そんなものはすぐに脱いで、直ちに出発しろ！」

　大隊長はつかつかと歩み寄ると、部下が着ているドテラの襟に手をかけ、無理やり引きはがそうと引っ張った。

「待って下さい！」

　飛崎は思わず間に入った。

　気がつくと、目の前の床に大隊長が尻餅《しりもち》をついて倒れていた。

　一瞬、怯《おび》えた表情をみせた大隊長は、すぐに飛崎を指さして大声で叫びはじめた。

「誰か、こいつを捕らえろ！　上官暴行……抗命罪だ！　軍法会議にかけてやる」

　呆然とする飛崎の傍らで、高熱を発した部下が気を失って床に倒れ込んだ……。

　理由はどうあれ、陸軍刑法には「抗命罪」および「上官暴行罪」なるものが明確に規定されている。軍法会議となれば、飛崎の有罪・失官は免れない。

　――どうにでもなれ。

　謹慎を命じられた飛崎が捨て鉢な気持ちで蟄居《ちっきょ》しているところに、あの男が現れた。

伸ばした髪を綺麗になでつけ、痩せた細身の体に仕立ての良い背広をまとった、黒い影のような男。片足をひきずり、手にはなぜか一点の染みもない白い革手袋をはめていた。

飛崎には最初、相手が何者なのか見当もつかなかった。

「貴様か……馴致不能というのは？」

男が薄く笑いながら発した問いに、飛崎は無言で肩をすくめてみせた。

今さら何を言っても仕方があるまい。

大隊長はろくでもない人物だが——あるいはそれゆえに——軍上層部にひどく顔がきく。本気で部下を潰すつもりなら、〝たかだか陸軍少尉〟に過ぎぬ飛崎の弁護をしようという奇特な者など現れるはずもなかった。

「軍を辞めて、何かあてはあるのか？」

男の問いに、飛崎は今度は首を横に振った。祖父母はまだ存命だったが、郷里に帰るつもりは毛頭なかった。

「そうだな……。満州《まんしゅう》に渡って馬賊《ばぞく》にでもなるか」

飛崎が自棄《やけ》になって口にした答えに、男はむしろ満足げに頷くと、顔を寄せて囁《ささや》くようにこう言った。

「その気があるなら、うちの試験を受けてみろ」

それが飛崎とD機関、および結城中佐との出会いであった。

受けさせられた試験は、実に奇妙、かつ複雑極まりない代物であった。飛崎は半ば呆れ、半ば自負心から、

——俺以外にこんな試験をパスする奴がいるのか？

そう思って苦笑したものだが、実際には試験を受けに来た者の多くは、飛崎と同程度、あるいはそれ以上に優秀な成績であったらしい。

D機関に入った後は、各人に偽名、さらには偽の経歴が与えられた。表向きは、お互いの正体は分からないことになっている。偶然耳にした噂によれば、他のほとんどの者は一般の大学を卒業した、まったくの〝地方人〟であるらしい。真偽の確かめようはないが、中には外国の大学を出た者も交じっているという。

その後のD機関での訓練は、頭脳と肉体双方の極限を試される苛酷《かこく》なものであった。

——軍人の俺にならともかく、地方人の坊ちゃん連中にはとても耐えられまい。じきにねを上げるだろう。

飛崎のその思い込みもまた、すぐに覆されることになった。

他の連中は、与えられた課題をほとんど鼻歌交じりに、いかにも易々《やすやす》とやってのけたのだ。

いや、軍人としての訓練を受けた飛崎でさえ、時には弱音を吐きそうになったほどの厳しい訓練だ。実際に楽であったはずはない。そう見せていたのは、

——自分にはこのくらいのことは出来なければならない。

という彼らの恐るべき自負心であった。

「軍人や外交官などという、つまらぬ肩書きにとらわれるな」

ある日、自ら教壇に立った結城中佐は、学生たち一人一人の内面を見透かすように目を細めて言った。

「そんなものは所詮、後から張り付けた名札にすぎない。いつでも剝《は》がれ落ちる。貴様たちに与えられているのは、今この瞬間、目の前にある事実だけだ。目の前の事実以外の何ものかにとらわれた瞬間、即ちそれは貴様たちの弱点になる」

その例として、クリスチャンが聖書に手を置いて宣誓させられた場合に容易に嘘をつくことができないことを挙げ、返す刀で現在の神格化された日本の天皇制を切って捨てた。

「絶対的現実主義者《リアリスト》であるべき軍人が、その組織の長たる天皇を現人神《あらひとがみ》などと祭り上げ、絶対視することは、本来有り得べからざる事態だ。とらわれることは、目の前にある状況を見誤る第一歩だ。このままでは、日本の軍隊はいかなる戦争にも決して勝利し得ないだろう」

状況を冷静に分析してみせた結城中佐は、改めて今日《こんにち》のスパイの重要性、緊急性を強調した。その上で、学生たちをじろりと見回して、最後にこう言った。

「何かにとらわれて生きることは容易だ。だが、それは自分の目で世界を見る責任を放棄することだ。自分自身であることを放棄することだ」

だとすれば——。

飛崎にとってD機関はひどく居心地の良い場所だった。

幼い頃から周囲の大人には冷たい子供だとことあるごとに言われ、子供同士でつるむことも苦手だった。陸軍幼年学校、陸軍士官学校では、疑似家族的な同期たちとの付き合いに鳥肌の立つこともしばしばだった。

それに比べて、D機関での偽名、偽の経歴の付き合いは実に気楽なものに感じられた。

誰も自分の過去を知らない。

父母の顔を知らないことも。

上官を〝殴って〟陸軍を馘《くび》になったことも。

本来〝地方人〟から選抜されるD機関において異端であることも。

――とらわれるな。

結城中佐のあの言葉は、飛崎にとっては〝自由〟を意味していた。

少なくとも、これまではそうであった……。

他の連中が全て出て行った後、部屋には結城中佐と飛崎の二人が残された。

結城中佐は、椅子の背に深くもたれ、胸の前で腕を組み、再び目を閉じていた。

沈黙に耐えきれず、飛崎は思い切って口を開いた。

「自分は、何をしたら良いのです？」

結城中佐が薄く目を開いて、飛崎を見た。

指示が、飛崎の鼓膜を打った。

——女の当日のアリバイを、もう一度調べ直せ。

女？

一瞬、言葉の意味を捉えかねた。

シュナイダーが過去に関係した女たちのことを言っているのか？

ドイツ人の父とロシア人の母を持つシュナイダーは、青灰色の眼に、やや平たい潰れた鼻、端整というよりは情熱的な顔の持ち主だった。酒乱。毒舌。浪費家。ゲルマン的な冷ややかさとスラブ的な情熱を併せ持った複雑な性格。さらにそこにボヘミアン風の崩れた雰囲気が加わって、そのせいか彼はひどく女にもてた。来日以来だけでも、シュナイダーと関係があった日本の女性は二十人を超えている。結城中佐は、その二十人以上の、すべての女の当日のアリバイをもう一度調べ直せと言っているのだろうか？

いや、そうではない。

指示は単数だった。

どの女のことを言っている？

そう考えて、飛崎はハッと気がついた。

「彼女が？　しかし……ありえません」

首を振った飛崎に対して、だが、返事はなかった。

結城中佐は、再び目を閉ざし、顎をひいて、椅子の背に深くもたれこんだ。

沈黙が、命令の遂行を強いていた。

6

野上百合子《のがみゆりこ》には完璧《かんぺき》なアリバイがあった。

シュナイダーが遺書を書きのこして死んだ時間、百合子は彼女が所属しているT劇団の稽古場で芝居の練習のまっ最中だったのだ。劇団が借りている稽古場から、シュナイダーが死んだ彼女のアパートまでは、直線距離で五キロ以上。車を使い、どんなに急いだとしても、往復するだけで十分以上が必要である。彼女がシュナイダーに遺書を書かせ、その後で毒入りワインを飲ませたのだとしたら、要する時間はそれだけでは済まないだろう。

一方で、野上百合子が当日稽古場を五分以上離れることは事実上不可能であった。彼女は次の公演で準主役をつとめることになっている。つまり、五分以上、彼女が舞台の上に姿を見せないでいることはあり得なかったのだ。当日の練習が〝通し稽古〟であったとすれば、事情はなおさらである。

彼女のアリバイは、劇団の演出家、劇団訓練生、及びその他三十人以上の劇団関係者が、口を揃えて証言していた。

飛崎は念のため、事件の際、野上百合子の取り調べを行った警察署に身分を偽って潜入し、機会を見て、密かに調書を盗み読んだ。

〝……わたしが、あの人――カール・シュナイダーさんを知ったのは、ちょうど一年ほど前のことです。その頃わたしが働いていたカフェーにお客としていらっしゃったのが最初でした。ドイツの新聞の記者さん、ということでしたが、日本語がとてもお上手で、みんなびっくりしていたことを覚えています。

あの人は、大勢いた女の子の中でなぜかわたしを気に入ったご様子で、それからはよくお店にいらっしゃいました。

お店にいらっしゃるたびに、わたしたちは二人でいろんな話をしました。

あの人は、お話が面白いだけではなく、それ以上に大変聞き上手な方でした。何かの折に、わたしがうっかり女優を目指していると口を滑らせると、あの人は笑いもせず、真面目な顔で励ましてくれました。いえ、それだけではなく、次の日にはもう、わたしが本格的な演技の訓練を受けられるよう手配してくださったのです。

わたしはカフェーをやめ、お稽古場に通うようになりました。

それからあの人は、時々わたしの部屋に遊びにいらっしゃるようになって――。部屋の電話も、外から連絡を入れるのに便利だからといって、あの人がお金を出してひいてくれたものです……〟

警察はいくつかの理由から、百合子に対して何度も繰り返し、通常の場合と比べてはるかに詳細な取り調べを行っていた。

一つにはもちろん、彼女がこの御時世、いくら盟友ドイツの人間とはいえ、外国人の新聞記者と親密な関係があった事実が彼らを神経質にさせたからである。

さらに、野上百合子にはかつて、いわゆる〝急進的傾向とその活動〟を理由に高等女学校を退学させられた過去があった。そのせいで彼女は親から勘当され、生活費を稼ぐためにカフェーで働いていたのだ。

供述調書からも、彼女がきわめて知的で――今日《こんにち》の日本においては、いささか自由主義的な傾向が強すぎるにせよ――しっかりとした考えをもつ若い女性であることが容易に読み取れた。

〝わたしは、あの人を深く愛していました〟

取調官の質問に対して、野上百合子は少しも悪びれずに答えている。

〝あの人がわたしの他にも愛人をもっていることは、お付き合いをするようになって、すぐに気がつきました。そのことは、けれど別に何とも思いませんでした。日本人であれ外国の方であれ、魅力的な男性の周りにはいつも、たくさんの女性が寄ってくるものです。そのこと自体はあの人の罪ではありませんから……〟

野上百合子のこの言葉は、周囲の者たちの証言とも一致している。

彼女が、明らかにシュナイダーの愛人とわかる他の女性に対しても腹を立てずに接し、またシュナイダーが自宅で開いたパーティーの終わり近くになって一人で帰るよう言われても文句一つ言わずに従っているところを、普段から多くの者が目にしていたのだ。

動機の点においても、百合子がシュナイダーを殺したとは考えづらい。

さらに、遺書の問題があった。

――じんせいにぜつぼうしました。わたしはしにます
便箋に書かれたかな文字が、シュナイダー本人の筆跡に間違いないことは鑑定によって確認された。しかも飛崎自身、当日の昼間にシュナイダーが遺書の文字を書いたとされる万年筆を購入する場面を目撃しているのだ。

――やはり自殺なのか？

だが、それならば結城中佐はなぜ、わざわざ野上百合子のアリバイを再調査するよう命じたのか、その理由がわからなかった。

野上百合子が、シュナイダーの死亡推定時刻に五キロ以上離れた場所にいたことは間違いない。それともまさか、彼女が離れた場所にいるシュナイダーを意のままに操って遺書を書かせ、さらに毒入りのワインを飲ませたとでもいうのか……？

飛崎はあまりの馬鹿馬鹿しさに苦笑した。そんなことを証明するくらいなら、今回ばかりは結城中佐が間違ったと考える方がよほど自然であった。

〈大東亞文化協會〉の看板を掲げるビルに戻って来た時、飛崎はちょうどドアを出て行こうとした別の人物とぶつかりそうになった。失礼、そう言ってすれ違い様、低く耳打ちされた。

「秘密インクはなし。紙も普通のものだ」

「なに？」

思わず足を止め、振り返って目を凝らすと——変装のために気づかなかったが——相手は同期の秋元だった。

秋元は、飛崎にちょっと片目をつむってみせ、そのままドアを出ていった。

それから部屋にたどり着くまでに、飛崎の前にはどこからともなく同期たちが廊下に現れ、彼らすべてから、すれ違い様、あるいはさも偶然を装って、声をかけられることになった。

——英語を喋《しゃべ》る者はいずれも小物ばかりだ。残念ながら三重スパイの可能性は薄いな。

——特高《とっこう》は、すでにシュナイダーへのマークを外していた。

——ワインの輸入経路を確認。怪しい者は発見できなかった。

——ドイツ、ソ連の大使館員に異状なし。両国の諜報機関が動いた形跡も見られない。

最後に部屋の前で、やはりすれ違い様、耳元に囁いて行き過ぎようとした葛西の腕を捕らえて、訊いた。

「なぜ俺に報告する?」

「なぜ?」

一瞬ぽかんとした顔になった葛西は、すぐに目を細めるようにして答えた。

「これは、貴様の事件だろうが」

葛西は乱暴に腕を振りほどいて立ち去った。その後ろ姿を見送りながら、今度は飛崎がぽかんとする番だった。

——俺の……事件だと?

中空に残された言葉の意味を考えながら、飛崎は無意識のうちに鍵を開けて部屋に入り、椅子に腰を下ろした。

いくつもの言葉が、頭の中で渦を巻いていた。

……シュナイダーの遺書からは何の手掛かりも出なかった……普通の紙……じんせいにぜつぼうしました。わたしはしにます……独ソの諜報機関が動いた形跡は見られない……英語を喋る者はいずれも小物ばかり……野上百合子に疑わしい点はない……X X《ダブル・クロス》は裏切りを意味している……。

ふと、何かが頭の片隅にひっかかった。

ごく些細《ささい》な、しかし妙に気になる何かが——。

飛崎は目を閉じ、さっき警察で頭の中に収めてきた調書を、もう一度最初から読み直した。

7

「野上百合子が、シュナイダー殺しを自白したそうだ」

大きな事務机を挟んで発せられた結城中佐の低い声を、飛崎はどこか他人事のように聞いた。

「憲兵隊が、情報をリークしてやったことに礼を言ってきた。珍しいことがあるものだ」

結城中佐はそう言って、一瞬、皮肉な形に唇を歪《ゆが》めた。

もともと憲兵隊には、死んだシュナイダーが二重スパイだったという〝極秘情報〟を警察に伝える気はなかった。

自分たちが三年もの間、帝都でのシュナイダーのスパイ活動を見逃してきた事実を警察に対して明かすくらいなら、事件を〝頭のおかしな外人記者が愛人宅で自殺した〟として処理させた方がましだと考えていたのだ。だが、そこへ〝日本人による盟友ドイツの新聞記者殺し〟という新たな可能性が出て来た。憲兵隊にとっては、事情を警察に教えないまま、事件そのものをごっそり引き上げる恰好《かっこう》の口実が出来たというわけだ……。

飛崎はふと、喉元《のどもと》に込みあげてきた不快感を抑えることができずに思わず顔をしかめた。

脳裏に、情報をリークしてやった際、容疑者の写真を見て舌なめずりをしていた憲兵隊の連中の獣のような卑しい顔が浮かんでいた。

野上百合子は、知的で、美しい女性だった。

彼女が、野蛮な憲兵隊員どもからどんな屈辱的な取り調べを受けたのか、考えたくもなかった。

飛崎が彼女の供述の矛盾点に気づいた時、真っ先に頭に浮かんだのは理不尽さであった。

独ソの二重スパイ。希代の女たらし。酒乱。毒舌。

シュナイダーは敵の多い人物だった。奴はこれまでにも、いつ、どんな理由で、誰に殺されてもおかしくはなかったのだ。

野上百合子は偶々《たまたま》手を下しただけだ。

その彼女の犯罪を、なぜこの俺が暴く必要がある……？

だが一度気づいてしまえば、彼女の供述書は極めて不自然な代物であった。

例えば、シュナイダーの死体を発見した際、野上百合子は警察を呼ぶために同行の女性を近所の派出所に走らせている。しかし、彼女の家にはいまだ一般家庭には珍しい電話があった。

なぜその電話を使って警察を呼ばなかったのか？

また、供述書で野上百合子は「ミヨコさんが警察の方を呼んできてくださるまで、わたしは……ひたすら悲鳴をあげつづけていたような気がいたします」と言っている。だが、アパートを監視していた飛崎はそれが事実でないことを知っていた。

二人の女性がアパートに入って行った後、騒ぎが起きた。そして一人の女性がドアを飛び出して行った後、アパートの中はまるで死んだように静まり返っていたのだ。

野上百合子には現場に一人になる時間が必要だった。

シュナイダーに書かせた〝遺書〟を別の場所から、キッチンテーブルの上に持ってくるためには、どうしても一人になる必要があった。だから、連れの女性に電話を使わせず、わざわざ近くの派出所に走らせた……。

そう、あのメモは遺書などではなかった。

あのメモは、シュナイダーが死んだ時、電話の脇に置かれていたのだ。

供述書の中で、百合子はシュナイダーと電話で話した事実を隠してはいない。それは通話記録を調べられれば、すぐに分かることだから。

だが、通話記録から内容までは確認できない。

〝いつになく落ち込んだ様子で、ひどく暗い声をしていたような気がします〟

彼女はそう供述している。しかし監視を続けていた飛崎の目には、あの日のシュナイダーが自殺をするほど落ち込んでいるようには見えなかった。結局のところ、それがあの日飛崎が〝ありえない〟と感じた違和感の正体だったのだ。

電話をかけた際、百合子は愛人同士の他愛《たわい》のない戯れの会話を続けながら、その場で思いついたように、次の芝居で使う台詞《せりふ》だからと言ってシュナイダーに自分の言葉を書き留めさせた。

じんせいにぜつぼうしました。わたしはしにます

便箋は、電話の脇にあらかじめ用意してあった。シュナイダーは百合子に言われるまま、彼女が口にしたとおりの日本語を便箋に書きつけた。その日の昼間に自分で買った万年筆を使って。まさかそれが自分の遺書として使われることになるとは知らずに……。

百合子はその後「稽古が予定より長びいて遅くなりそうだから、ワインでも飲んで待っていて」と言って電話を切った。

彼女は稽古が終わると、もう一度部屋に電話を掛けている。その時はもう電話には誰も出なかった。

〝遅くなったので、怒って帰ってしまったのかしら〟

百合子はそう供述しているが、当日の稽古は「通し稽古」だった。上演時と同じ形式で行う通し稽古が予定より大幅に遅れることは——少なくとも、部屋に来た愛人が怒って帰ってしまうほど長引くことは——考えづらい。

飛崎は念のため、劇団の演出家に確認してみた。すると、やはり当日の稽古は予定の時間どおりに始まり、ほぼ時間どおりに終わっていることが判明した。

野上百合子が嘘をついていた。

それが分かれば、後は考えるまでもなかった。

百合子はシュナイダーに毒入りワインを飲ませ、絶命したところを発見するために——

その時間、自分が離れた場所にいたという確実なアリバイを手に入れるために——わざと間違った待ち合わせ時間を指定したのだ。その上で、同僚の女性を伴って家に帰った。無論、自分が家に帰った時点で、シュナイダーがすでに死んでいたことを、彼女に証言してもらうためだ。

だが、理由はそれだけではないだろう……。

飛崎は、この部屋に入って以来、初めて自分から口を開いた。

「シュナイダー殺害の動機について、彼女は何と言っているのです？」

「それも、貴様が予想した通りだ」

結城中佐は、飛崎に据えた視線を少しも動かさずに答えた。

「野上百合子は、シュナイダーが自分の友人である安原ミヨコと深い仲になったことを知って嫉妬《しっと》した。それが殺害の動機だったと、自分から供述したそうだ」

——長年〝複雑怪奇〟と評される国際情勢の中を巧みに泳ぎ渡ってきた優秀な国際スパイが、最後に一人の愛人の心を読み損なったというわけか……。

飛崎は皮肉な気持ちで考えた。

なるほど野上百合子は自由主義的傾向を持った聡明《そうめい》な女性であり、これまでは目の前でシュナイダーが他の愛人といちゃつくところを見ても柳に風と受け流してきた。しかし、その彼女にしても、シュナイダーが自分の友人にして劇団の後輩——さらに言えば〝役を争う存在〟であった安原《やすはら》ミヨコに手を出したことを知るに及んで、突如、抑え様のない嫉妬の感情に襲われたのだ。

いや、もしかすると、シュナイダーは彼女の感情に気づいていたのかもしれない。気づいていて、そのスリルを楽しんでいたのではないか？　だとすれば――。

便箋の隅に落書きされていた二つのX《ダブル・クロス》は、やはり〝裏切り〟を意味するものだった。シュナイダーは野上百合子と電話で話しながら、自分が今この瞬間も彼女を〝裏切っている〟と感じていた。シュナイダーにとっては、自分が大切なものを裏切っているという感覚こそが重要だったのだ。その意味において〝XX〟はシュナイダーの心象風景だった。結局のところ、それこそが、長年にわたって二重スパイを続けることができた男の異常性ということになるのだろう……。

飛崎はひどく遠い景色を見ているような気がした。結城中佐に視線を戻して尋ねた。

「……なぜ、彼女を疑ったのです？」

飛崎が会議を招集したあの時点で、結城中佐には野上百合子の供述書を読むことはできなかった。

安原ミヨコという愛人の存在はおろか、百合子のアパートに電話があったことも知らなかったはずなのだ。ましてや飛崎自身が漠然と感じていた違和感の正体に気づくはずもない。

それなのに結城中佐は、野上百合子のアリバイの再調査を飛崎に命じた。あの時点で、彼女がシュナイダー殺しの犯人だと特定していたのだ。

結城中佐は目を細め、視線を真っすぐ飛崎に据えたまま、質問に低い声で答えた。

「野上百合子は、西山千鶴《にしやまちづる》に似ていたからな」

半ば予想していたにもかかわらず、飛崎はその答えを聞いた刹那《せつな》、正面から殴りつけられた気がして思わず目を閉じた。

瞼《まぶた》の裏に、幼いころ面倒を見てくれた若い女性の面影が浮かんでいた。

飛崎が〝家族〟と言って思い出すのは、幼い自分を捨てていった顔も知らない父母や、その父母の不面目な行状を思い出させるとして飛崎を疎んじた祖父母の顔ではない。唯一思い浮かぶ家族の顔。それは、近所の貧しい農家から祖父母の家に手伝いに来ていた未婚の若い女性、西山千鶴の顔だ。〝ちづネェ〟。血のつながらない彼女だけが、幼い飛崎を無条件に受け入れてくれた、たった一人の存在だった。

飛崎が十歳になった頃、〝ちづネェ〟は家に来なくなった。結婚のために土地を離れたのだ。何年かして飛崎は、〝ちづネェ〟が初めての子供を産んだ後、体を壊し、最後は胸を患って死んだことを聞かされた……。

結城中佐にカール・シュナイダーの監視を命じられ、その過程で野上百合子を初めて見かけた時、飛崎は瞬時、自分の目を疑った。

――ちづネェ。

思わずそう声を掛けたくなるほど、野上百合子は西山千鶴に面影が似ていたのだ。

もっとも、だからと言ってシュナイダーの監視を怠ったつもりはない。それなのに――。

「標的《マト》が死んだ時、貴様が見張っていたんだ。自殺したにせよ、他国のスパイに殺されたにせよ、貴様がそのことに気づかなかったはずはあるまい」

結城中佐は、表情のない低い声で先を続けた。

「だが貴様は『気づかなかった』と報告してきた。D機関で訓練を受けた貴様が、その時だけ自分の目で世界を見ていなかった。なぜか？　とらわれていたからだ。貴様が何ものかにとらわれるとしたら、西山千鶴の亡霊以外にありえない。簡単な推理だ」

そう言った結城中佐は初めて視線を動かし、デスクの上をちらりと見て、飛崎に尋ねた。

「……思い直すつもりはないんだな」

デスクの上には、憲兵隊に情報をリークしてやるに際して飛崎が書いた報告書の最後の一枚が載っている。

そこには、ただ一文、〝一身上の都合によりD機関を辞す〟との文言が記されていた。

飛崎は無言のまま、ゆっくりと深く頷いた。

結城中佐は椅子の背にもたれ、珍しく、かすかにため息をついた。

「貴様は、D機関への採用がなぜ男だけだと思う？」

唐突な質問だった。

飛崎が黙っていると、結城中佐は自分で答えた。

「女は、必要もないのに殺すからだ。〝愛情〟や〝憎しみ〟などといった、取るに足りないもののためにな」

——殺しは、スパイにとってタブーだ。

D機関で訓練を受ける間、軍隊にあるまじきその命題を、飛崎たちは繰り返したたき込まれた。

目に見えない、影のような存在。

それが結城中佐の求める理想のスパイ像である以上、世間の注目を集める殺しは、およそ考え得る中で最悪の選択肢なのだ。

そして、もう一つ。

——とらわれるな。

繰り返し、そうたたき込まれた。それが「スパイとしてあるがままの世界を自分自身の目で見る唯一の方法なのだ」と。

結局のところ〝卒業試験〟は、結城中佐が学生を試すためのものではなかった。〝試験〟を通じて、今後も結城中佐の下でスパイとしてやっていけるかどうか、学生自身が判断するためのものだったのだ。

その意味で、今回の一件は飛崎の事件だった。

とらわれないこと。

しかし、それは同時にこの世界の何ものも信じないこと——愛情や憎しみを取るに足りないものとして切り捨て、さらには唯一の心の拠《よ》り所さえ裏切り、捨て去ることを意味している。

飛崎には〝ちづネェ〟の面影を捨て去ることが、どうしても出来なかった。他人の目にはいかに取るに足りないものだとしても、人にはどうしても裏切ることのできないものがある。捨て去ることのできないものが存在する。

——これを捨て去ったら、自分が生きている意味が分からなくなる。

飛崎は、そのことに初めて気づいた。と同時に、自分がこれまで他の学生たちに対して密かに抱いてきた劣等感の正体にも。

結局のところ、優れたスパイとは、己以外のすべてを捨て去り、愛する者を裏切ってなお、たった一人で平気で生きて行ける者たちのことなのだ。

限界だった。

自分はどうやっても彼らのような化け物にはなれない。

だから、報告書の末尾に辞意を伝える一文を書き足した……。

飛崎の決意が固いことを見てとると、結城中佐は引き出しから一通の辞令を取り出して、デスクの上に滑らせた。

「貴様の辞令だ」

D機関では紙の辞令を受け取ることはない。命令はすべて口頭で行われるか、あるいは読んですぐに回収されるかのいずれかだ。

紙の辞令を受け取った時点で、飛崎はD機関の人間ではなくなる。

「新しい任地は北支《ほくし》。中尉に昇進だそうだ」

結城中佐がひどく投げやりな口調で言った。

それが何を意味するのか、言われなくともわかった。

D機関は陸軍中枢部の機密事項を扱う。その中には、当然、非合法のものも交じっている。〝知り過ぎた男〟を、軍が生きて外に出すはずがなかった。

新しい配属先は、今この瞬間も激しく銃弾が飛び交っている最前線だろう。

――昇進させて、死所《ししょ》を与える。

それが、陸軍の残酷な〝思いやり〟であった。

飛崎は型通り受け取った辞令を脇に収め、踵《かかと》で回れ右をして部屋を出ていこうとした。

その時――。

背後から、本名を呼ばれた。

振り返ると、結城中佐が椅子から立ち上がり、右手を額に当てた軍隊式の敬礼を、初めて飛崎に向けた。

「死ぬなよ」

餞《はなむけ》の言葉に飛崎は敬礼を返し、再び回れ右をして、無言でドアを出て行った。

解説

佐藤　優
（作家・元外務省主任分析官）

柳広司氏は、日本の小説にインテリジェンス・ミステリーという新分野を開拓した。インテリジェンスの語源は、ラテン語の接頭辞 inter-（～の間に）と legere（組み立てる、あるいはギリシア語の影響を受け、読む）だ。取り払うと建物が崩れてしまう構造壁がどこにあるかについて素人《しろうと》にはわからないが、プロの建築士ならばすぐにわかる。また、官僚として10年くらい第一線で仕事をすると、ちょっとした言葉遣いのなかに重要なシグナルが潜んでいることに気づく。例えば、２０１１年4月12日、政府は東京電力福島第一原子力発電所の事故が国際評価尺度で「レベル７」に該当すると発表した。その前日、4月11日に政府は原発周辺に「計画的避難区域」、「緊急時避難準備区域」を設けた。「避難」という言葉を使うことで事態の深刻さをあえてわかりにくくしている。「避難」というとすぐに戻ってこられるような感じがする。実態はそうでない。「避難」ではなく長期の「移住」を余儀なくされる区域を政府は指定したのである。「計画的避難区域」とは「移住計画の対象となる区域」、「緊急時避難準備区域」とは「将来、移住対象となりうる区域」

かむ技法である。
という意味だ。インテリジェンスとは、こういう風にして表に出ている情報から真実をつ

戦争においては、最大限のインテリジェンス能力を働かさなくてはならない。戦前の日本はインテリジェンス大国だった。その中でも陸軍中野学校は、国際水準でも第一級のインテリジェンス教育機関で、優れた情報将校を生み出した。この学校の生みの親である秋草俊陸軍少将をモデルに、柳広司氏は、結城中佐というインテリジェンス・マスターを作り出す。このミステリーを通じて、読者はインテリジェンスの神髄について知ることができる。

まず、インテリジェンス学校の採用試験について、こんな描写がある。

〈諜報員《ちょうほういん》養成学校第一期生——。

即ち〝D機関〟初代の受験者たちが選抜試験を受けるところから、佐久間は立ち会っている。

なんとも奇妙奇天烈《きてれつ》な試験であった。

たとえばある者は、建物に入ってから試験会場までの歩数、及び階段の数を尋ねられた。

世界地図を広げてサイパン島の位置を尋ねられた者もある。その地図からは巧妙にサイパン島が消されていて、受験者がそのことを指摘すると、今度は広げた地図の下、

机の上にどんな品物が置いてあったのかを質問された。

まったく意味をもたない文を幾つか読まされ、しばらく時間が経ってからその文を、今度は逆から暗唱させる試験があった。

いずれも、佐久間の目にはおよそ「馬鹿げている」としか映らない試験ばかりだ。第一、こんな問題に耐えられる者がいるとは到底思えなかった。

だが驚いたことに、試験を受けにきた者の中には、そのような途方もない――ある意味馬鹿げた――質問に平然として答える者が少なからず存在したのだ。

建物に入ってから試験会場までの歩数、階段の数を正確に答えた者は、問われもしないのに、途中の廊下の窓の数、開閉状態、さらにはひび割れの有無まで指摘した。

地図の下の机上の品物を訊《き》かれた者は、インク壺《つぼ》、本、湯飲《ゆの》み茶碗《ぢゃわん》、ペン二本、マッチ、灰皿……と十種類ほどの品をすべて正確に答えた上に、背表紙に記されていた本の書名から、吸いかけの煙草の銘柄まで当ててみせた。

意味のない文を逆に暗唱する課題を与えられた者は、ついに一文字も過たずにそれをやってのけた。〉（17～18頁）

私は中野学校出身者から、採用試験の内容について聴取したことがある。形態は異なるが、記憶力や注意力を測る試験が必ず行われていた。私は、外務省国際情報局の主任分析官をつとめていた時期にモサド（イスラエル諜報特務庁）やSVR（ロシア対外諜報庁）

の教育・訓練部局の幹部と何度か意見交換をしたことがある。これらのインテリジェンス機関でも中野学校と同じような記憶力、注意力をチェックする試験が行われている。『ジョーカー・ゲーム』はノンフィクションでないので、このミステリーに書かれている内容が中野学校の実態を反映しているわけではない。ただし、柳広司氏の手によって中野学校から変貌《へんぼう》した〝D機関〟の方が、私が書く中野学校に関する解説文よりも、日本インテリジェンスの神髄を現代の日本人に伝えることに成功している。〈スパイの仕事は、泥棒とは違い、盗《と》られたことを相手に気づかせてはならない。跡の残らない合《あ》い鍵《かぎ》が手に入る場合は、極力合い鍵を使うべきなのだ。〉（98頁）。痕跡《こんせき》を残さないというのは、積極諜報（ポジティブ・インテリジェンス）活動の大原則だ。

　また、次の例はモサドがよく用いる手法だ。

〈D機関の者が暗号を打電する場合は、必ず一定の割合で打ち間違《ミスタイプ》いを入れる取り決めになっている。一字一句ミスなく打たれた暗号電文は、その電文自体が〝敵中の事故〟――捕らえられた。救助を要請する――を意味していたのだ。無論、この情報は階層化された意識の最下層――実際には殺されるまで引き出されることのない一番奥にたたき込むことが要求された。〉（158頁）

　何よりも私が感銘を受けたのは、結城中佐の以下の訓話だ。

〈「軍人や外交官などという、つまらぬ肩書きにとらわれるな」

ある日、自ら教壇に立った結城中佐は、学生たち一人一人の内面を見透かすように目を細めて言った。

「そんなものは所詮《しょせん》、後から張り付けた名札にすぎない。いつでも剝《は》がれ落ちる。貴様たちに与えられているのは、今この瞬間、目の前にある事実だけだ。目の前の事実以外の何ものかにとらわれた瞬間、即ちそれは貴様たちの弱点になる」

その例として、クリスチャンが聖書に手を置いて宣誓させられた場合に容易に嘘をつくことができないことを挙げ、返す刀で現在の神格化された日本の天皇制を切って捨てた。

「絶対的現実主義者《リアリスト》であるべき軍人が、その組織の長たる天皇を現人神《あらひとがみ》などと祭り上げ、絶対視することは、本来有り得べからざる事態だ。とらわれることは、目の前にある状況を見誤る第一歩だ。このままでは、日本の軍隊はいかなる戦争にも決して勝利し得ないだろう」

状況を冷静に分析してみせた結城中佐は、改めて今日《こんにち》のスパイの重要性、緊急性を強調した。その上で、学生たちをじろりと見回して、最後にこう言った。

「何かにとらわれて生きることは容易だ。だが、それは自分の目で世界を見る責任を放棄することだ。自分自身であることを放棄することだ」〉（２５４頁）

これは、柳広司氏の創作であるが、秋草俊少将の精神が憑依《ひょうい》している。

１９８７年８月から99年３月まで、私はモスクワの日本大使館に勤務した。８月の旧盆の頃に何回かモスクワ郊外ウラジミール市の日本人墓地を訪れた。１９４５年８月15日、は終戦の日に、秋草俊はソ連軍に投降した。特に「悪質な戦争犯罪人」の１人として秋草俊はシベリアからモスクワに移送されウラジミール監獄に収容された。その年の10月14日にモスクワに送られ、秘密警察本部がある「泣く子も黙るルビヤンカ監獄」に収容された。ここはスターリン時代に多くの政治犯が拷問を受け、殺害された悪名高い場所である。ソ連当局が秋草俊をとても危険視していた。１９４８年12月30日に内務人民委員部（ＮＫＶＤ＝秘密警察）特別法廷において秋草俊はロシア・ソビエト社会主義連邦共和国刑法第58条６項（スパイ活動）と同条11項（ソ連当局に対するテロ活動）で有罪と認定され、禁固25年の刑を言い渡され、ウラジミール監獄に収容された。ウラジミール監獄は、帝政ロシア時代から、最も危険な政治犯を収容する刑務所だ。49年３月22日、ウラジミール監獄付属病院で病死した。享年54だった。

ウラジミールの日本人墓地は、監獄付属病院の跡地につくられたという。そこからの景色は、北関東の丘陵地帯に似ている。栃木県生まれ（出生時の群馬県山田郡矢場川村は、その後栃木県足利市になる）の秋草俊は、この景色を見ながら、故郷のことを思い出したであろう。日本人墓地はきれいに掃除されているが、ペンキで白く塗られた粗末な墓石が並んでいるだけである。私は秋草の墓の前で手を合わせ、「安らかに眠ってください。あなたの想いを引き継ぎます」と誓った。鈴木宗男事件で逮捕、起訴され有罪が確定した私は現在執行猶予中で、パスポートを取得することができないが、もし将来モスクワを訪れる機会があれば、『ジョーカー・ゲーム』を秋草俊少将の墓に捧《ささ》げたい。そして、天国にいる秋草俊に「あなたはこの小説の中で、結城中佐になって甦《よみがえ》りました。あなたの命を懸けて行った仕事は、こうして若い世代の日本人に記憶されていくのです」と報告しようと思っている。

（2011年4月14日脱稿）

本書は、二〇〇八年八月に小社より刊行した単行本を文庫化したものです。

ジョーカー・ゲーム

柳《やなぎ》広司《こうじ》

平成23年 6月25日　初版発行
令和7年 3月5日　37版発行

発行者●山下直久

発行●株式会社KADOKAWA
〒102-8177　東京都千代田区富士見2-13-3
電話　0570-002-301（ナビダイヤル）

角川文庫 16890

印刷所●株式会社暁印刷
製本所●本間製本株式会社

表紙画●和田三造

●お問い合わせ
https://www.kadokawa.co.jp/（「お問い合わせ」へお進みください）
※内容によっては、お答えできない場合があります。
※サポートは日本国内のみとさせていただきます。
※Japanese text only

ISBN978-4-04-382906-4　C0193

角川文庫発刊に際して

角川源義

第二次世界大戦の敗北は、軍事力の敗北であった以上に、私たちの若い文化力の敗退であった。私たちの文化が戦争に対して如何に無力であり、単なるあだ花に過ぎなかったかを、私たちは身を以て体験し痛感した。西洋近代文化の摂取にとって、明治以後八十年の歳月は決して短かすぎたとは言えない。にもかかわらず、近代文化の伝統を確立し、自由な批判と柔軟な良識に富む文化層として自らを形成することに私たちは失敗して来た。そしてこれは、各層への文化の普及滲透を任務とする出版人の責任でもあった。

一九四五年以来、私たちは再び振出しに戻り、第一歩から踏み出すことを余儀なくされた。これは大きな不幸ではあるが、反面、これまでの混沌・未熟・歪曲の中にあった我が国の文化に秩序と確たる基礎を齎らすためには絶好の機会でもある。角川書店は、このような祖国の文化的危機にあたり、微力をも顧みず再建の礎石たるべき抱負と決意とをもって出発したが、ここに創立以来の念願を果すべく角川文庫を発刊する。これまで刊行されたあらゆる全集叢書文庫類の長所と短所とを検討し、古今東西の不朽の典籍を、良心的編集のもとに、廉価に、そして書架にふさわしい美本として、多くのひとびとに提供しようとする。しかし私たちは徒らに百科全書的な知識のジレッタントを作ることを目的とせず、あくまで祖国の文化に秩序と再建への道を示し、この文庫を角川書店の栄ある事業として、今後永久に継続発展せしめ、学芸と教養との殿堂として大成せんことを期したい。多くの読書子の愛情ある忠言と支持とによって、この希望と抱負とを完遂せしめられんことを願う。

一九四九年五月三日

柳 広司の好評既刊

新世界

殺すか、狂うか。

1945年8月、砂漠の町ロスアラモス。原爆を開発するために天才科学者が集められた町で、終戦を祝うパーティーが盛大に催されていた。しかしその夜、一人の男が撲殺され死体として発見される。原爆の開発責任者、オッペンハイマーは、友人の科学者イザドア・ラビに事件の調査を依頼する。調査の果てにラビが覗き込んだ闇と狂気とは——。

角川文庫　ISBN 978-4-04-382901-9

柳 広司の好評既刊

トーキョー・プリズン

探偵小説で切り込む戦後史

戦時中に消息を絶った知人の情報を得るため巣鴨プリズンを訪れた私立探偵のフェアフィールドは、調査の交換条件として、囚人・貴島悟の記憶を取り戻す任務を命じられる。捕虜虐殺の容疑で拘留されている貴島は、恐ろしいほど頭脳明晰な男だが、戦争中の記憶は完全に消失していた。フェアフィールドは貴島の相棒役を務めながら、プリズン内で発生した不可解な服毒死事件の謎を追ってゆく。戦争の暗部を抉る傑作長編ミステリー。

角川文庫　ISBN 978-4-04-382902-6

柳 広司の好評既刊

ダブル・ジョーカー

「ジョーカー・ゲーム」シリーズ第二弾

結城中佐率いる〝D機関〟の暗躍の陰で、もう一つの諜報組織〝風機関〟が設立された。だが、同じカードは二枚も要らない。どちらかがスペアだ。D機関の追い落としを謀る風機関に対して、結城中佐が放った驚愕の一手とは――。表題作「ダブル・ジョーカー」ほか、〝魔術師〟のコードネームで伝説となったスパイ時代の結城を描く「柩」など5篇に加え、単行本未収録作「眠る男」を特別収録。天才スパイたちによる決死の頭脳戦、早くもクライマックスへ――。

角川文庫　ISBN 978-4-04-100328-2

柳 広司の好評既刊

パラダイス・ロスト

「ジョーカー・ゲーム」シリーズ第三弾

〝D機関〟のスパイ・マスター、結城中佐の正体を暴こうとする男が現れた。英国タイムズ紙極東特派員アーロン・プライス。だが〝魔王〟結城は、まるで幽霊のように、一切足跡を残さない。ある日プライスは、ふとした発見から結城の意外な生い立ちを知ることとなる――(「追跡」)。ハワイ沖の豪華客船を舞台にしたシリーズ初の中篇「暗号名ケルベロス」を含む全5篇。緊迫の頭脳戦の果てにある、最高のカタルシスを体感せよ!

角川文庫　ISBN 978-4-04-100826-3